Friedrich Diez

Zwei altromanische Gedichte berichtigt und erklärt

Friedrich Diez

Zwei altromanische Gedichte berichtigt und erklärt

ISBN/EAN: 9783743488502

Hergestellt in Europa, USA, Kanada, Australien, Japan

Cover: Foto ©Andreas Hilbeck / pixelio.de

Manufactured and distributed by brebook publishing software (www.brebook.com)

Friedrich Diez

Zwei altromanische Gedichte berichtigt und erklärt

Zwei

altromanische Gedichte

berichtigt und erklärt

von

Friedrich Diez.

(Unveränderter Abdruck der Ausgabe von 1852.)

Bonn,
Eduard Weber's Verlags-Buchhandlung
(Rudolf Weber).
1876.

I. Die Passion Christi.

Ein neuer, für die romanische Sprachkunde bedeutender Fund, hoffentlich nicht der letzte, begegnet uns in diesem und dem folgenden Denkmal. Es sind diesmal nicht einige Verse wie der kleine Hymnus auf Sancta Eulalia, es sind zwei große vollständige Gedichte, wenn auch ohne poetischen Werth und von minder ansprechendem Inhalt als das Boethiuslied. Eine Pergamenthandschrift des zehnten Jahrhunderts auf der Stadtbibliothek zu Clermont-Ferrand in Auvergne enthält ein lateinisches von verschiedenen Händen in einer und derselben Zeit geschriebenes Glossar, dessen ältester Theil in das neunte Jahrhundert gesetzt wird. Die unbenutzten Stellen des Pergamentes wurden nach und nach mit allerlei poetischen und prosaischen Stücken ausgefüllt, unter welchen sich auch zwei romanische Gedichte befinden. Diese gab Champollion-Figeac in dem 4. Bande seiner Documents historiques inédits etc. Par. 1848. mit einer Uebersetzung und Facsimile's heraus. Text und Uebersetzung zeugen aber von dieses Gelehrten völliger Unbekanntschaft mit der alten Sprache seines Vaterlandes. Gegenwärtiger neue Versuch jene Sprachurkunden zu erklären, so weit sich dies ohne Ansicht des Manuscriptes ausführen läßt, wird darum nicht überflüssig erscheinen. Es ziemt sich, jeder unnützen und in vorliegendem Falle sogar sehr wohlfeilen Polemik gegen einen Vorgänger zu entsagen, dem wir die Entdeckung dieser Monumente und den ersten Abdruck aus der Handschrift verdanken.*

Nach des Herausgebers Ansicht, der das Manuscript sorgfältigst beschreibt, tragen beide Gedichte die Kennzeichen des zehnten Jahrhunderts. Im ersten derselben sind, so weit das Facsimile ausweist, die Strophen nicht abgesetzt, nur mit einem größern Anfangsbuchstaben bezeichnet, die Verse gewöhnlich durch Puncte getrennt, beides wie im Boethiusliede. Im zweiten sind die Strophen abgesetzt, die Verse gleichfalls durch Puncte getrennt. Ueber den drei ersten Zeilen des ersten und je über dem ersten Vers beider Abtheilungen des zweiten Gedichtes ist eine musicalische Notation gezeichnet in den Characteren, wie sie vom Ende des neunten bis zum Anfange des eilften Jahrhunderts üblich waren. Für das Alter des ersten Denkmals macht Champollion überdies noch eine Stelle geltend, die eine Anspielung auf das Jahr 1000 enthält, wo man bekanntlich das Ende der Welt erwartete:

quar fini muns non est mult lon
e l regnum deu fortment es prob.

In der That wird man dem Original kein späteres als das bemerkte Jahrhundert anweisen dürfen. Eigentlich sind die Formen nicht weniger alterthümlich als im Hymnus von St. Amand, aber die Sprache hatte durch das zehnte und bis gegen Ende des eilften Jahrhunderts, wenn man das Alexiuslied in Anschlag bringt, keine wesentlichen Veränderungen erfahren. Eine grammatische Form aber, von welcher sich in dem letztgenannten Gedichte nur ein einziges Beispiel findet, ist in beiden gegenwärtigen noch in voller Anwendung, wodurch sich diese dem Hymnus näher stellen als dem Alexiusliede: es ist dies dasjenige Präteritum, welches buchstäblich mit dem latein. Plusquamperfect zusammentrifft, syntactisch aber dem Perfect, zuweilen auch dem Imperfect entspricht. Nachdem ich anfangs

---

*) Einen Zweifel an der Richtigkeit dieses Abdruckes kann ich nicht umhin hier auszusprechen, wozu einige Abweichungen vom Facsimile berechtigen: Str. 3, 4. des Textes redenps, Facsimile redepns; 5, 1. ciel, Facs. vil; 6, 4. aprestunt, Facs. sprestunt; 7, 2. Jhesus, Facs. iesus.

das Plusquamperfect darin erkannt hatte (Roman. Gramm. II. 416.), dieser Ursprung mir aber später zweifelhaft geworden (Sprachdenkm. S. 18), sehe ich nun den ausgesprochenen Zweifel durch die deutlich mit flexivischem a bezeichneten Formen unserer beiden Gedichte voldrat (voluerat), fisdra (fecerat) u. s. w. beseitigt, s. unten die grammatische Tabelle. Nur in der 3. Pers. Sing. kennt man dieses Tempus, in der 3. Plur. kann es sich vom Perfect nicht wohl unterscheiden, in der 1. und 2. Pers. war ihm in unsern Gedichten kaum Gelegenheit gegeben aufzutreten. Nachdem es durch das umschreibende Plusquamperfect aus seinem Rechte vertrieben und syntactisch mit dem Perfect gleichbedeutend geworden, so gab es die franz. Sprache endlich als einen überflüssigen Schmuck wieder auf; die provenzalische rettete es dadurch noch eine Zeitlang vom Untergange, daß sie ihm den Dienst des ersten Conditionells übertrug. Außer diesem und vielleicht noch andern grammatischen Archaismen fehlt es dem ersten Denkmale nicht an Wörtern und Wortformen, welche die späteren nicht mehr oder kaum noch gebrauchen. Dergleichen sind die Partikeln senps (d. i. sems), usque, alo, drontre, enpos, den, desanz, sub. Ne für non oder no kommt noch nicht vor, par für per eben so wenig. Ein recht alterthümliches seit der Zeit völlig untergegangenes Wort ist das Verbum envenir (invenire) für das roman. trobar. Zu beachten sind auch ostia, patier, testar, cridazun, cuschement u. a. Auffallen muß auf der andern Seite die geringe Sorgfalt, die der Schreiber im Widerspruch mit spätern Schriftwerken auf die Unterscheidung des casus rectus und obliquus, sofern diese durch das flexivische s geschieht, zu verwenden scheint. Man trifft Nom. Sg. angel 101, Petre 48 ff., Pilat 52; Acc. Sg. rams 62; Nom. Plur. folcs 12, Judeus 54, sanz 81. 129; Acc. Plur. marchedant 18, ped 23. Indessen läßt sich mit solchen Verstößen in einer überhaupt nicht sorgfältigen Handschrift die Gültigkeit der Regel nicht anfechten: mehrere derselben sind sogar zu entschuldigen. In l'angel set ward das flexivische s durch den folgenden Anlaut absorbiert; was Petre und Pilat betrifft, so haben Eigennamen überhaupt eine minder strenge Flexion, auch konnte zu Petre Petron der Vorgang von Huc Hugon verleiten. Wenn im Nominativ der 3. Decl. s zuweilen fehlt, so läßt sich dies aus seiner unbestimmteren Anwendung an dieser Stelle erklären. Es begegnen noch andre Fälle: diese aber sind von der Art, daß der Schreiber das flexivische s in einem Worte spart, wenn es in einem andern damit verbundenen schon vorhergieng oder noch folgt. Solche Fälle sind: trovez ne envengud 44, los sos talant 19, tos pechet 14, sos munument 89, a sos fidel 103, 113, en talz raizon 128, do totas part 39, pece maiors 92, fort marrimenz 31, blanc vestimenz 99, nul om carnals 96, nul om de madre naz 112, vostre filz (Acc. Pl.) 66; alquant en fog vius trebucher 124. Ja man könnte selbst zwei der genannten Fälle los marchedant und lis ped hieherziehen. Auch in de lor mantels, de lor vestit 6, palis, vestit, palis, mantels 11 scheint sich das fehlende s so beurtheilen zu lassen. Vielleicht haben wir hierin einen Gebrauch des gemeinen Lebens vor uns, denn die Beispiele sind zu zahlreich, als daß sie ohne Bedeutung dastehen könnten.

Die Mundart ist weder provenzalisch noch französisch zu nennen: beide Sprachen mischen sich darin fast zu gleichen Theilen. Offenbar ist sie auf der Gränze dieser beiden Gebiete zu suchen. Fast möchte man sie bei ihrer völligen Unbestimmtheit, bei ihrem beständigen Schwanken zwischen zwei Principien, eher für den persönlichen Ausdruck eines Schriftstellers halten, der auf einer Sprachgränze stehend, Formen von der einen wie von der andern Seite, die seinen Landsleuten nicht unbekannt sein konnten, in sein Werk einfließen ließ, als für ein ächtes Volksidiom. Denn jedes Volksidiom wird sich bei aller Weichheit und Nachgiebigkeit doch für irgend eine grammatische Richtung entscheiden müssen um zum harmonischen Gedankenausdrucke tauglich zu sein. Auf welchem Puncte der ausgedehnten Sprachgränze der Verfasser sich aber befinden mochte, wird sich schwer angeben lassen. Es bleibt, versteht sich, auch zweifelhaft, wie viel von dieser Unbestimmtheit der Buchstaben und Flexionen ihm oder dem Copisten angehört. Champollion hält die Mundart für auvergnatisch. Ich habe nichts dafür und nichts dawider; nur so viel muß ich bemerken, daß sich diese

Behauptung wenigstens nicht mit der Form oder Schreibung chi für qui beweisen läßt, die sich in den ältesten Sprachproben ganz verschiedener Gegenden wiederfindet, desgleichen daß sie durch die Gestalt der heutigen auvergnatischen Mundart wenig unterstützt wird. Doch mag dabei erinnert werden, daß die Handschrift jener Provinz angehört. Mit dem prov. a ist das franz. e in unserm Gedichte gleich berechtigt (intrar intrer, altra altre); gutturales c schließt palatales ch nicht aus (car cher, peccad pechet); o verträgt sich mit u (passion passiun); g mit w (garder eswarder); Formen wie anar, asan, penre stehen neben allar, ahan, prendre. Aus dem Gebiete der Flexionen läßt sich anführen der prov. Artikel lo neben dem franz. li; das prov. ant neben dem franz. ont = lat. habent; das prov. Conditionell fura neben dem franz. Präteritum furet; wobei man auf kleinere Züge, z. B. das flexivische t in der Conjugation, nicht einmal Rücksicht nimmt.

Die Schreibung ist sehr ungleich, doch mögen sich auch mundartliche Eigenheiten mit einmischen. Um einige Züge anzuführen, ei steht mehrmals für ai (fei 36, reizon 58. 61); i für tonloses e (vidrit 34, omnis 82, lis 23); c auslautend für t (sanc 29, fuc 90, pimenc 88); ch für qu (chi 8. 9. 47. 76. 85, jusche 82, donches 117, pasche 120, posche 129); ch für ç (cho 84); d auslautend für t (obred, canted u. s. w.); ebenso g auslautend für c (ag 18, og 26, jag 88, fog 124); erweichtes l wird nach altem Brauche einfach l, aber doch auch li geschrieben (vol 1, orgolz 14, esveled 31, melz 38, olz 47, aurilia 40, aurelia 41, fillies 66); auslautendes m für n kommt ein paarmal vor (passium 24, evirum 39); erweichtes n wird wie erweichtes l einfach geschrieben, aber man trifft auch ni und gn oder ng und selbst schon nh (anel 39, denat 54, lon 127, ensenna 36, senior 63, veggnet 37, reng 74, senhe 105); auslautendes z für s ist ganz üblich (asnez 6, anz 2, pudenz 8); tz kommt nicht vor.

Ueber die poetische Form ist wenig zu bemerken. Das Gedicht bietet das älteste Beispiel achtsylbiger paarweise gereimter Verse, wovon bis jetzt nur Proben aus dem Ende des 11. Jahrh. bekannt waren, s. Altrom. Sprachd. S. 108—111.

Wie überall in ältester Zeit genügt die Assonanz zur Bindung der Verse, deren vier eine Strophe ausmachen. Das Muster gab die mittellatein. Poesie, welche gleichfalls diesen unvollkommnen Reim häufig zuließ: eine Strophe wie die folgende aus einer Handschrift des 9. Jahrh. (Du Méril Poés. pop. 1847. p. 97) unterscheidet sich in nichts von denen des roman. Gedichtes:

   Factus viarum coluber,
   super cerastem Dan sedet;
   sic exoptavit Israhel,
   manus commutans digniter.

Weibliche Assonanzen sind nicht ausgeschlossen, wiewohl die männlichen bei weitem überwiegen. Die Vocale scheinen nicht sorgfältig beobachtet, allein man muß billiger Weise alle diejenigen Fälle abrechnen, worin sich durch Einlenkung in die eine oder andere Sprachform helfen läßt, so z. B. Str. 2 deus: carnals, l. carnels; 3 fez: aucis, l. fist; 4 ciutat: susteguest, l. ciutet; 90 fellun: vant, l. vunt. Außerdem kommt nur die Freiheit vor, daß die verwandten Vocale e und i, o und u zusammen reimen, nämlich 64 escarnid: vestiment; 66 fils: es; 84 morir: ver; 105 Marie: medre; 38 Jhesus: baizot. Eine erlaubte Assonanz ist ái: a, z. B. 23 pasches: faita (faite); 54 páis: denat; 123 vendra: mais; vielleicht ist auch so zu beurtheilen 8 fait: suscitet (suscitat); 117 montet (montat): ai. Fünfmal gestattet sich der Dichter um des Reimes willen den Ton auf die folgende Sylbe fortzurücken: demandan; tradissánt 20: Judeus; querént 34; vai: voldrát 42; forsfait: fesánt 44; mespres: perdonés 128. Die geistliche oder belehrende Poesie der Romanen schloß sich eng an die lateinische Kirchenpoesie an: war es in Frankreich üblich geworden die tonlose Endsylbe lateinischer Wörter zu betonen, so konnte sich ein Dichter zu dem gleichen Verfahren in der eignen Sprache berechtigt halten, wenn der Reim ihm dazu Anlaß gab. Seit sich aber die Poesie wieder mehr dem Volkselemente zuwandte, kommen solche Reime nur noch sehr selten und als eigentliche Licenzen vor; jenem tradissánt steht z. B. preÿssánt Jourd. de Blaiv. v. 1241 nicht unwürdig zur Seite.

In dem unten folgenden Texte erlaube ich mir offenbare Schreibfehler und einige andere Misgriffe sogleich zu berichtigen, zeige aber die handschriftliche Lesart jedesmal unten an. Was ich für Eigenthümlichkeiten der Schreibweise halte, wie sanc für sant, omnis für omnes, lasse ich unangetastet. Fehlerhafte Verse kann sich der Leser gewöhnlich selbst verbessern: wo es mir nöthig schien oder auch nur um des Beispiels willen bin ich hin und wieder darauf eingegangen. Die inclinierenden Sprachtheile, die ich in den Altromanischen Denkmalen, um den Druck dem Manuscripte mehr anzunähern, mit dem vorhergehenden Worte verbunden hatte, habe ich diesmal zur Erleichterung des Lesers davon abgesondert, wiewohl diese das Wesen der Sylbe störende Methode nicht frei von Widersprüchen und in einzelnen Fällen gar nicht anwendbar ist.* Nicht selten verbinden die Handschriften ein vocalisch auslautendes mit einem consonantisch anlautenden Worte in der Art, daß sie den Consonanten verdoppeln: hat man sich nun das Trennen zum Gesetze gemacht, so muß man, wie ich in gegenwärtiger Ausgabe gethan, auch die durch das Verbinden bedingte Doppelconsonanz wieder aufheben und also sillor in si lor, ossassis in o s'assis auflösen; niemand würde es einfallen, das ital. farollo in farò llo abzutheilen.

---

*) Ein Widerspruch ist es z. B., wenn man in ama us = lat. amat vos den durch die Schreibung zerstörten Diphthong au in der Aussprache ámaus wieder herstellen soll, während in ama us = amat unus beide Vocale getrennt bleiben. Was die Unmöglichkeit der Trennung betrifft, so gibt es Handschriften, die den Gebrauch haben die Sylbe eu in ieu zu erweitern, pieuzela z. B. für piuzela zu setzen und ebenso sieus aus si us = lat. si vos zu bilden, was denn die Herausgeber unschicklich in si eus zerlegen; es ist aber eine untheilbare Zusammenschmelzung und ein Wörtchen eus gar nicht vorhanden. Als um die Mitte des 16. Jahrh. die Werke des letzten namhaften Troubadours Ausias March im Druck erschienen, verband man noch jene inclinierenden Wörtchen und schrieb nos, quem, quis, sil, nimmer no s, que m, qui s, si l. Den Apostroph aber brauchte man schon am Anfange und Ende eines Wortes: si'n infern, l'amor u. dergl.

1. Hora vos dic vera raizun
   de Jesu Christi passiun:
   los sos affans vol remembrar
   per que cest mund tot a salvad.
2. Trenta tres anz et alques plus,
   des que carn pres, inter nos fu;
   per tot obred que verus deus,
   per tot sosteg que hom carnals.
3. Peccad negun unque non fez,
   per eps los nostres fu aucis;
   la sua mort vida nos rend,
   sa passiuns toz nos redenps.
4. Cum aproismed sa passiuns,
   cho fu nostra redemptions,
   aproismer vol a la ciutat,
   afans per nos (i) susteguest.
5. Cum el perveing a Betfage,
   vil' es desoz mont Oliver,
   avant dels sos dos enveied,
   un asne adducere se roved.
6. Cum cel asnez fu amenaz,
   de lor mantelz ben l'ant parad,
   de lor mantelz, de lor vestit
   ben li aprestunt, o s'assis.
7. Per sua grand humilitad
   Jesus rex magnes sus monted,
   si cum prophetes ant mulz dis
   canted aveien de Jesu Crist.
8. Anz petit dis que cho fus fait,
   Jhesus lo Lazer suscitet,
   chi quatre dis en moniment
   jagud aveie toz pudenz.

3, 4. redepns Facſimile. — 6, 4. ossassis.

9. Cum ço audid tota la gent,
que Jhesus vc lo reis poderz
chi eps lo morz faise revivere,
a grand honor encontr' ixirent.
10. Alquant dels palmes prendent troncs,
alquant dels olivers les branches;
encontra l rei qui fez lo cel,
issid lo di le poples lez.
11. Canten li gran e li petit:
fili Davit, fili Davit!
palis, vestit, palis, mantels
davant estendent a sos pez.
12. Gran folcs aredrengan davan,
gran e petit deu van laudant,
ensobretot petiz enfan
osanna semper van clamant.
13. A la ciptad cum aproismet
et el la vid, el la 'sgarded,
de son piu cor greu suspiret,
de sos sanz olz fort lagrimet.
14. 'Hierussalem, Hierussalem,
zai te, dis el, per tos pechet
pensar non vols, pensar no l poz.
non t' o permet tos granz orgolz.
15. Venrant li an, venrant li di
quez t' asaldran toi inimic:
il tot entorn t' arberjaran
et a terra crebantaran.
16. Los tos enfanz qui in te sunt,
a males penas aucidrant;
en tos belz murs, en tas maisons
pedra sub altre non laiserant.
17. Li toi caitiu per totas genz
menad en eren a tormenz

11, 3. mantenls. — 11, 4. assos. — 13, 4. dessos. — 14, 2. et für el. — 15, 2. oi. — 16, 4. pedrassub.

quar cu te fiz, nu m cognoguist,
salvar te siggnum receubist.'

18. Cum cho ag dit et percridat,
en templum deu semper intret.
los marchedant quac inz trobed,
a grant destreit fors los gitet.

19. Los sos talant ta fort monstred
que grant pres pavors als Judeus.
de dobpla corda lz vai firend,
tot lor marched vai desfazend.

20. Felo Judeu cum il cho vidren,
enz lor cors grand a(ra)n enveie.
per mals conselz van demandan,
nostre sennior cum tradissánt.

21. Lo fel Judes Escarioth
als. Judeus vengue en rebost:
'que m'en darez? e l vos tradran,
vostres talenz ademplirant.'

22. Trenta deners dunc li en promesdrent
son bon sennior que lor tradisse.
si chera merz ven si petit!
hanc non fud hom qui magis l'audis!

23. Et a cel di que dizen pasches,
cum la cena Jhesus oc faita,
. el susleved del piu manjer,
a sos fedels laved lis ped.

24. Et per lo pan et per lo vin
fort sacrament lor commandet
per remembrar sa passium
que faire cove a trestot.

25. De pan et vin sanctificat
tot sos fidels i saciet,
mais que Judes Escarioh
cui una sopa enflet lo cor.

18, 3. in. — 18, 4. gitez. — 23, 4. assos. — 24, 2. commandez. — 24, 4. cov.

26. Judas cum og manjed la sopa,
diables enenz en sa gola.
semper leved del piu manjer,
tot als Judeus o vai nuncer.

27. Jhesus lo bons per sa pietad
tan dulcement pres a parler,
sobre son peiz fez condurmir
sant Johan lo sou cher amic.

28. A cel sopar un sermon fez:
chi cel non sab, tal non audid.
contra lz afanz qu'an a padir,
toz sos fidels ben en garnid.

29. Alo sanc Pedre per cho inded
que cela nuit lui neiaret.
Pedres fortment s'en aduned,
per epsa mort no l gurpira.

30. Xpistus Jhesus den s'enleved,
Gehsesmani vil' es n' anez.
toz sos fidels seder trovet
e van orar; sols en anet.

31. Granz fu li dols, fort marrimenz.
si condormirent tuit ades.
Jhesus cum veg, los esveled,
trestoz orar ben los manded.

32. Et dunc orar cum el anned,
si fort sudor dunques suded,
que, cum lo sangs, a terra curren
de sa sudor las sanctas gutas.

33. Als sos fidels cum repadred,
tam beulement los conforted.
li fel Judeus ja s'aproismed
ab gran cumpannie dels Judeus.

34. Jhesus cum vidrit los Judeus,
zo lor demande que querént.

27, 3. condurmiz. — 28, 3. pader. — 30, 4. anez. — 32, 3. sags. — ibid curr.

il li respondent tuit adun:
'Jhesum querem Nazarenum'.

35. 'Eu soi aquel', zo dis Jesus.
tuit li felun caden ginon,
los terce vez lor o demanded,
a totas treis chedent envers.

36. Mais li felun tuit trassudad
vers nostre don son aproismad.
Judas li fel ensenna fei:
'celui prendet cui baisarai'.

37. Judas cum veggnet ad Jhesum,
semper li tend lo sou menton;
Jhesus li bons no l refuded,
al tradetur baisair doned.

38. 'Amicx' zo dis lo bons Jhesus,
'perque m trades in ço baizol?
melz ti fura non fusses naz,
que me tradas per cobetad'.

39. Armad esterent evirum,
de totas part presdrent Jhesum;
no s defended ne no s susted,
a la mort vai cum uns anel.

40. Sanct Pedre sols veinjar lo vol,
estrais lo fer que al laz og,
si consegued u serv fellun,
la destre aurilia li excos.

41. Jhesus li bons ben red per mal,
l'aurelia al serv semper saned;
liades mans cume ladron
si l'entmenen a passiun.

42. Donc lo gurpissen sei fedel,
cum el desans dit lor aveit.
sanz Pedre sols seguin lo vai,
quar sua fin veder voldrát.

36, 4. bassarai. — 39, 1. armand. — 39, 4. lar. — 41, 2. ad. — 41, 3. liadens. — 42, 2. aveia.

43. Anna nomnavent le Judeu
a cui Jhesus furet menez.
donc s'adunovent li felon,
veder annavent pres Jhesum.
44. De quant il querent le forsfait,
cum il Jhesum occir fesánt,
non fud trovez ne envengud,
quar de forsfait non feist nul.
45. Davant l'ested le pontifex,
si conjuret per ipsum deu
qu'el lor disset, per pura fied,
si vers Jhesus fils deu est il.
46. 'Tu eps l'as deit' respon Jhesus.
tuit li fellon crident adun:
'maior forsfait que i querem?
per lui medeps audit l'avem'.
47. Los sos sans ols dumques cubrirent,
a colpeiar fellon lo presdrent,
ensobretot si l'escarnissent:
'di nos, prophete, chi te fedre?'
48. Fins en las ostias est& Petre
al fog l'useire l'eswardevet,
et de sa raison si l' esfred
que so deu si li fai neier.
49. Ant que la noit lo jals cantes,
terce vez Petre lo neiet.
Jhesus li bons los reswardet,
lui recognostre et semper fit.
50. Petrus dalo fors s' en aled,
amarament mult se ploret
per cio laissed deus seu neier
que de nos aiet pieted.
51. Cum le matins fut esclairet,
davant Pilat l'en ant menet.

44, 2. occi. — 47, 1. lo für los. — 47, 2. coleiar. — 47, 3. ensabretat. — 47, 4. to für te. — 48, 2. l'eswardonet. — 48, 4. lo deu silli.

fortment lo vant il acusand,
la soa mort mult demandant.

52. Pilat Erod l' en enviet
cui des abanz voliet mel.
de Jhesu Christi passion
am se patierent a ciel jorn.

53. Lo fel Herodes cum lo vid,
mult lez semper en esdevint;
de lui longtemps mult a audit,
semper pensed vertuz feisis.

54. De multes vises l' apeled;
Jhesus li bons mot no l soned.
Judeus l' acusent, el se tais,
ad un respondre non denat.

55. Dunc lo despeis e l' escarnit
li fel Herodes en cel di;
blanc vestiment si l' a vestit,
fellon Pilat lo retrames.

56. Pilat que anz l' en vol laisar,
nol consentunt fellun Judeu.
Judeu perdonent al ladrun;
'aucid aucid, crident, Jhesum'.

57. Barrabant perdonent la vide,
Jhesum in alta cruz claufisdrent:
'crucifige! crucifige!'
crident Pilat trestuit ensems.

58. 'Cum aucidrai, cui vos est rei?'
zo dis Pilaz, 'forsfaiz non es.
rumpre l farai et flagellar,
poisses laisarai l' en anar'.

59. Ensems crident tuit li fellun,
entro en cel en van las voz:
'si tu laises viure Jhesus,
nno es amics l' emperador'.

55, 1. despers e l'ecarnit. — 56, 3. Juda. — 57, 2. claufris-
drent. — 58, 3. rumplel. — 59, 1. fellunt.

60. Pilat sas mans dunques laved
que de sa mort posche s neger;
ensems crident tuit li Judeu:
'sobre noz sia toz li pechez.'
61. Pilat cum audid tals reisons,
a lor gurpis nostre sennior;
donc lo recebent li fellun,
fors l'en conducent en la cort.
62. De purpure donc lo vestirent,
et en sa man un rams li mesdrent,
corona prendrent de las espines
et en so cab fellun la misdrent.
63. De davant lui tuit a jenolz
Jhesum crebantent li fellon.
dunc lo saludent cum senior
et ad escarn emperador.
64. Et cum asez l'ont escarnid,
dunc li vestent son vestiment,
et el medeps si pres sa cruz,
avan toz vai a pasiun.
65. Femnes lui van detras seguen,
ploran lo van et gaimentan.
Jhesus li pius redre gardet,
ab les femnes pres a parler.
66. 'Audez fillies Jherusalem,
per me non vos est obs plorer,
mais per vos et per vostre filz
plorez assaz, qui obs vos es.
67. Cum el perveng a Golgota,
davan la porta de la ciptat,
dunc lor gurpit soe chamise
chi sens custure fo faitice.
68. Il no l'auseron deramar,
mais aura sort an agitad.

66, 2. obs.

      non fut partiz sos vestimenz,
      zo fu granz signa tot per ver.
69. En una fet, huna vertat
      tuit soi fidel devent ester.
      lo sos regnaz non es devis,
      en caritad toz es uniz.
70. E dels feluns que u vos diz,
      anz lai dei venir oculai sei,
      quar il lo fel mesclen ab vin,
      nostre sennior lo tenden il.
71. Cum l'an levad sus en la cruz,
      dos a sos laz pendent larruns.
      entre cels dos pendent Jhesum;
      il per escarn o fan trestot.
72. Cum il l'an mes sus en la cruz,
      gran fan escarn, gran cridarun;
      ensobretoz uns dels ladruns
      el escarnie rei Jhesum.
73. Respondet l'altre: 'mal i diz;
      el mor a tort, ren non forsfez;
      mais non a dreit per colpas granz
      es mes oidi en cest ahanz.'
74. Envers Jhesum sos olz torned,
      si piament lui appelled:
      'de me t membres, par ta mercet,
      cum tu vendras, Christ, en ton reng.'
75. Respon li bons qui non mentid,
      qu'en epsa mort se par si pius:
      'eu t'o promet oi en cest di,
      ab me venras in paradis.'
76. O deus, vers rex, Jhesu Christ,
      aital don fais per ta mercet:
      chi per hum va confession,
      perdones al ladrun.
77. Nos te laudam et noit e di,
      de nos aies vera mercet!

75, 2. si für su.

tu nos perdone celz pecaz
que nos ne dest tua pietad !

78. Jusque nona des lo meidi
trestot cest mund granz noiz cubrid,
fui lo solelz et fui la luna,
post que deus filz suspensus fues.

79. Ad epsa nona cum perveng,
dunc escrided Jhesus granz criz,
hebraïce fortment lo dis :
'heli, heli, perque m gurpist ?'

80. Uns dels felluns chi sta iki,
sus en la cruz li trenlazet ;
Jhesus fortmen dunc recridet,
lo spiritus de lui anet.

81. Cum de Jhesu l'anm' an anet,
tant durament terra crollet,
roches fendirent, chedent munt,
sepulcra sanz obrirent mult,

82. Et mult corps sanz en sun exut
et inter omnis sunt vedud.
qu'in templum dei cortine pend,
jusche la terra per mei fend.

83. De laz la cruz estet Marie
de cui Jhesus vera carn presdre ;
cum cela carn vidra murir,
qual agre dol! no l sab om inls.

84. Ela molt ben sab remembrar
de soa carn cum deus fu naz.
ja l vet les ela si morir ;
el resurdra, cho sab per ver.

85. Mais nenperro granz fu li dols
chi traverset per lo son cor ;
nulz om mortalz no l pod penser :
sanz Symeonz lo percogded.

80, 1. del. — 81, 1. nananet. — 81, 3. fendient. — 82, 1. exit.
85, 4. loi für lo.

86. Joseps Pilat mult a preiat
lo corps Jhesu qu'el li dones.
a grand honor el l'enportet,
en sos chamsils l'envelopet.
87. Nicodemus de l'altra part
mult unguement hi aportet:
enter mirra et aloen
quasi cent liuras a donad.
88. A grand honor de ces pimenc
l'aromatizen cuschement.
dunc lo pausen el monument
o corps non jag anc a cel temps.
89. La son madre virge fu
et sen peched si portet lui,
sos munument fure toz nous,
anz lui no i jag unque nulz om.
90. Non fuc assaz anc als felluns;
davant Pilat trestuit en van:
'nos te præiam per ta mercet,
gardes i met non sia emblez.
91. Quar el zo dit que resurdra
et al terz di vius pareistra;
emblar l'auran li soi fidel,
a toz diran que revisquet.
92. Granz en avem agud errors,
or' en aurem pece maiors'.
armaz vassalz dunc lor liuret,
lo monument lor comandet.
93. Christus Jehsus qui deus es vers
qui semper fu et semper es,
ja fos la charn de lui aucise,
regnet, pocianz (?) se fena.
94. Quand el enfern dunc a salit,
fort Satanan alo venquet;
por soa mort si l'a vencut

86, 1. preiar. — 87, 1. dellaltra. — 90, 4. mer. — 92, 3. armaz.

. que contr' omne no te vertud,
95. Et qui era li om primers
et soz enffant per son pecchiad
et li petit et li gran
et qu'i estevent per mulz anz.
96. Quar anc-non fo nul om carnals
en cel enfern non foz anaz,
usque vengues qui, sens pecat,
per toz sol fes communa lei.
97. Argent ne aur non i donet,
mas que son sang et soa carn;
de cel enfern toz nos liuret,
en paradis nos arberget.
98. Et al terz di lo mattin clar,
cum soleilz soes esclairaz,
tres femnes van al monument;
molt cars portavent unguemenz.
99. L'angeles deu de cel dessend,
si s'aproismet al monument;
tal a regard cum focs ardenz
et cum la neus blanc vestimenz.
100. En pas qu' el vidren les custodes,
si s'espauriren de pavor,
que quaisses morz a terra vengren
de grand pavor que sob lor vengre.
101. Sus en la peddre l'angel set,
a las femnes si parlet,
'dis vos, neient ci per que creniez,
que Jhesum Christ ben requerez.
102. Anaz en es et non es ci,
tot a complit qu'unque vos dis.
venez veder lo loc voiat
o li sos corps jac des abanz.
103. A sos fidel tot annunciaz,

94, 4. contra omne n' ot. — 97, 3. deg für de. — 100, 4. loi für lor. — 101, 3. crenient. — 102, 3. voiant. —

mas vos Petdrun no i oblidez;
en Galilea avant en vai,
allo l verran, o dit lor ad.'

104. Elles d'equi cum sunt tornades,
Jhesus las a senps encontradas.
dunc reconnoissent le sennior,
si l' adorent cum redemptor.

105. Lo nostre seinhe en eps cel di
veduz fu i vegades cinc:
primera l vit sancta Marie
de cui sept diables for medre.

106. Empres lo vidren celles duas,
del munument cum se retornent.
Petdres lo vit en eps cel di,
ab lui parlet si con l' audit.

107. Envers lo vespre, envers lo ser
dunc lo revidren soi fidel.
castel Emaus ab els entret,
ab els ensemble si sopet.

108. Ja s'adunent li soi fidel,
ja dicent tuit que vius era;
cum il menaven tal raizon,
Jhesus estet en mez trestoz.

109. 'Pax vobis sit' dis a trestoz.
'eu soi Jhesus, qui passus soi;
vedez mas mans, vedez mos peds,
vedez mo laz, qu'i fui plagas.

110. Fortment sun il espaventet;
il li non credent que aia carn.
zo pensent il que entre els
le spiritus aparegues.

111. Mel e peisons equi manget,
en veritad los confirmet.
sa passions peisons tostas,

105, 2. vera des. — 105, 4. sep. — 106, 3. Perdera. — 106, 4. sil. — 107, 3, 4. el.

lo mels signa ditedeat.
112. Alques vos ai deit de raizon
que Jhesus fez pro passion;
tot no l vos posc eu ben comptar,
no l pod nul om de madre naz.
113. A sos fidel quarante dis
per mult semblant . . . .
ensembl' ab elz bet e manjed,
de regnum deu semper parlet.
114. E per es mund coal allar
tot babtizar in trinitad;
qui l' incredran cil erent salv,
qui no l cretran seran damnat.
115. Signes faran li soi fidel
quals el abanz faire soliet.
lingues noves il parlaran
et diables encalceran.
116. Si alcuns d'els beven veren,
non aura mal, zo sab per ver;
sobre malabdes mans metran
et sanitat a toz rendran.
117. Sus en u mont donches montet
que d' Olivet numnat vos ai,
levet sa man, si ls benedis,
vengre la nuvols, si l collit.
118. E lor vedent montet en cel,
ad dextris deu Jhesu se set
qui venra nos toz judicar.
a toz rendra e ben e mal.
119. Li soi fidel en son tornat.
al dezen jorn ja cum perveng,
spiritus sanctus sobr'elz chad,
si ls enflamet cum fugs ardenz.

112, 1. dedeit. — 116, 3. sobret. — 117, 3. sil far si ls. — 118, 2. es set. — 119, 3. spritus. — 119, 3. am Ranb de ce lo di dicent pentecostem.

120. Il des abanz sunt aserad,
de Crist non sabent mot parlar.
en pasche veng vertuz de cel,
il non dobten negun Judeu.

121. Pertot lenguatges van parlan,
las virtuz Crist van annuncian;
no lor pod om nuls contrastar,
signes fazen per podestad.

122. Espandut sunt per tot ces mund,
regnum dei nuncent pertot,
pertot convertent gent et pople,
Xpistus Jhesus pertot ab elz.

123. Lo Satanas dol en a grand,
als deu fidels fai durs afanz:
alcans en cruz fai soslevar,
alquanz d'espades degollar,

124. Et los alquanz fai escorcer,
alquant en fog vius trebucher,
et en gradilie ls fai toster,
alquanz ap petdres lapider.

125. Lui que aiude nuls vendra,
cum peis lor fai, il crecient mais;
lo cap a crut et vegurad,
per tot es mund es adhorad.

126. Nos cestes pugnes non aven,
contra nos eps pugnar deven;
fraindre deven nostra voluntaz
que part aiam ab los deu fidels.

127. Quar fini munz non est mult lon
e l regnum deu fortment es prob:
drontre nos lez, façan lo ben,
gurpissen mund et sem peccad.

128. Xpistus Jhesus qui man en sus,

121, 1. lengatgues. — 122, 1. spandut. — 123, 3. los levar. — 124, 1. el für et. — 125, 3. el für et. — 126, 3. frainde. — 126, 4. nos für los. — 127, 3. faça.

mercet aias de pechedors:
en talz raizon si am mespres,
per ta pietad lor perdonés.
129. Te posche rendre gracia,
davant to paire gloria,
sans spiritum posche laudar
et nunc per tot in secula.
amen.

Anmerkungen.

2, 4. *sosteg*, vgl. wegen der Form tec G. de Ross. p. 178, retegues Boeth. v. 95 und unten 4, 4 susteguest.

4, 4. Das eingeschobene (i) ist vom Herausgeber.

5, 4. *adducere*, ins Lateinische übertragen, für adduire; so revivere 9, 3, so magis für mais 22, 4.

8, 1. *fus* Conjunctiv, regiert von anz que.

8, 2. *lo Lazer*. Der Artikel erklärt sich aus Einwirkung des Abjectivs *lazer* (später ladre), wobei allerdings eine Verwechseluug des Lazarus von Bethania mit dem Bettler Lazarus angenommen werden muß. Ohne eine solche Beziehung auf das Abjectiv hätte der Dichter Lazarum oder Lazaron geschrieben.

9, 2. *reis poders*; es wird zu lesen sein reis podenz = it. potente.

9, 3. *faise revivere*, muthmaßlich faisiet reviure.

10, 2. Die durch *branches* gestörte Assonanz würde sich mit dem synonymen broncs (= it. bronco) herstellen lassen, das sich zwar nicht findet, aber doch das Etymon zu broncher sein muß.

11, 4. *a sos*, nicht as sos (Hs. assos), da kein Dativ as für als, wie auch kein Genitiv des für dels, vorkommt.

12, 1. *gran folcs aredrengan davan*. Ein Verbum aredrengar sucht man vergebens; selbst vom picard. dringuer 'jaillir' (Corblet p. 374) läßt sich keine Zusammensetzung a-re-

---

129, 1. resdre.

drengar gebenken. Man wird lesen müssen aredr' et an davant (neufranz. en avant), wodurch die Worte bei Marcus 11, 9 et qui praeibant et qui sequebantur ausgedrückt wären.

13, 2. *la 'sgarded* für la esgarded; doch wäre auch las (= la se) garded 'betrachtete sie sich' möglich.

14, 2. *sai te, dis el, per tos pechet*, ein Vers, an dem noch zu bessern ist. Gai (guai) für zai gäbe einen guten Sinn, der Weheruf über die Pharisäer vae vobis Matth. cap. 23 wäre nur auf Jerusalem übertragen.

16, 4. *pedra sub altre non laiserant* (lairant?), lat. non relinquetur hic lapis super lapidem, qui non destruatur Matth. 24, 2. Ist sub richtig gelesen, woran ich nicht zweifeln will, da auch in derselben Bedeutung 100, 4 sob lor vorkommt, so muß man annehmen, daß das lat. sub, das in subire eine Richtung von unten nach oben ausdrückt, in die Bedeutung des vollendeten Aufsteigens (super) übergegangen sei, womit sich goth. uf = sub, ahd. oba = super vergleichen ließe; aber dieser Gebrauch würde ganz vereinzelt dastehen. An beiden Stellen sub in sus oder in sobre (sob lor also in sobr' els) abzuändern, scheint zu willkürlich. Die Sache bedarf noch einer genaueren Erwägung.

17, 3. *quar eu te fis, nu m cognoguist.* Der Sinn des Verses ist zwar klar, stimmt aber nicht zum Evangelium. Nach Lucas 19, 44 eo quod non cognoveris tempus visitationis tuae konnte der Verfasser geschrieben haben quar tu lo temps non cognoguist. Nach 19, 42, si cognovisses et tu et quidem in hac die tua quae ad pacem tibi konnte es etwa auch heißen quar tu ta fin (Frieden) nun cognoguist.

19, 2. *grant pres pavors als Judeus.* Ueber prendre mit persönlichem Dativ s. Rom. Gramm. III. 117. Die Stellung des Verbums zwischen Adjectiv und Substantiv ist in unserm Gedicht nichts seltnes: gran fan escarn 72; granz en avem agud errors 92; lo Satanas dol en a grand 123; sepulcra sanz obrirent mult 81; molt cars portavent unguemenz 98 u. s. w. So auch im folgenden Denkmal 2, 3, 4; 6, 5; 9, 3; 22, 5.

20, 1. *felo Judeu.* Völkernamen können des Artikels entrathen, vgl. 54, 3 Judeus l'acusent, 56, 2 consentunt fellun Judeu, Leobegar 9, 4 baron franc, Rom. Gramm. III. 34.

20, 2. *ens lor cors grand a(ra)n enveie.* Gehört aran der Hf. oder dem Herausgeber? Zu lesen ist enz en lor cors grant an enveie = indignati sunt Mtth. 21, 15.

21, 2. *vengué*, besser venguet: ersteres ist neuprov. Man vgl. über diese verlängerte Form Rom. Gramm. II. 177. — *Rebost* von rebondre für repondre reponre ist prov. und altfranz., s. Lex. rom., en repost (insgeheim) Chron. de Benoît, Glossar.

21, 3. *que m'en dares e l vos tradran* 'was wollt ihr mir dafür geben und sie sollen ihn euch überliefern', quid vultis mihi dare et *ego* vobis eum tradam Matth. 26, 15. Der Vf. hat wohl tradrai und V. 4 ademplirai geschrieben.

23, 4. *a sos fedels* s. 11, 4.

26, 2. *diables enens en sa gola.* Man darf bessern diables ven enz en sa gola. Diable ohne Artikel s. Rom. Gramm. III. 23 und vgl. Leobegar 22, 2.

29, 1. *alo sanc Pedre per cho inded.* Es wird geheißen haben alo sanc Pedre cho indiqued oder indited 'dort sagte er S. Petrus das an'. Per cho (deshalb) ist gegen den Zusammenhang, per war vielleicht eine abgebrochene Wiederholung von Pedre. Merkenswerth ist das sonst nicht vorkommende Adverb alo (dort, daselbst), das unser Denkmal auch 94, 2, 103, 4 (allo), 50, 1 (dalo) gebraucht, vermuthlich aus ad locum, bei den Classikern in zeitlicher Bedeutung.

29, 2. *neiaret* = franz. nieroit.

29, 3. *Pedres fortment s'en aduned.* Adunar heißt einigen, s'adunar sich einigen, eins werden, beschließen (vgl. 43, 3), eine Bedeutung, die aus demselben Gefühle hervorgieng wie das ahd. sih einôn, welches Graff I. 331 beschließen, sich vornehmen übersetzt: s'en adunar ist = ahd. sih einôn thes (Genitiv).

30, 1. *den* = altspan. dent, neusp. dende, vgl. Leobegar 21, 1, 3.

30, 2. *Gehsesmani vil' es n'anes.* Zu supplieren ist die Präpos. a, die sonst bei anar, wenn sie das Ziel der Bewegung auszubrücken berufen ist, nicht entbehrt werden kann. Vila steht hier noch in seiner ursprünglichen Bedeutung Meierhof.

31, 2. *condormirent*, einziges roman. Beispiel dieses Wortes, reflexiv gebraucht wie se dormir und s'adormir, f. Orelli 177, Lex. rom. III. 74.

31, 3. *veg* wie sosteg 2, 4.

32, 3. *sudor sudet*. Verba mit Substantiven desselben Stammes zu verbinden, liebt dies Denkmal. So vestir vestiment 64, escridar critz 79, s' espaurir de pavor 100.

34, 3. *adun*, seltenes Adverb für fr. ensemble: pensez de vos tenir aün Chron. de Benoît II. p. 545, ital. a uno.

35, 2. *tuit li felun caden ginon || los terce ves lor o demanded*. Ginon, unmittelbar von lat. genu, für das übliche a ginolhos begegnet nirgends. Die Abhülfe liegt diesmal auf der Hand. Zieht man das störende los aus dem folgenden Vers herüber, so wird sich aus ginonlos leicht ginolos (l in diesem Denkmal auch für lh) ergeben, wie 11, 3 mantels aus mantenls; ginolhos ohne Präposition konnte der alten Sprache genügt haben, es wäre das ital. ginocchioni. Das voranstehende von dem Sinne nicht geforderte tuit kann der Vers nicht vertragen. Wegen terce vez, sofern es ohne Artikel steht, f. zu 49, 2.

36, 1. *trassudad* erhitzt, vgl. pr. d'ira trasuzatz Lex rom. V. 290 [b], altfr. tressuer d'angoisse Roquef. s. v., sp. trasudar, it. trasudare.

37, 1. *veggnet*, der Aussprache nach f. v. a. veniet, Imperf., vgl. soliet 115.

38, 2. *in ço baizol*. Ist ço verderbt aus cel? Merkwürdig wird im Altital. das entsprechende ciò zu Substantiven construiert, f. Rom. Gramm. III. 67, von welchem Gebrauch sich aber im Altfranz. kein Beispiel findet. Baizol aus basiolum fehlt den übrigen Sprachen.

38, 4. *tradas*, von tradar, f. Boeth. V. 8; daher altfr. estreer = ex-tradare.

39, 3. *no s defended ne no s susted*, vermuthlich für no s'usted = no s'osted 'er vertheidigte sich nicht und entfernte sich nicht'; u für o ist häufig.

40, 4. *la destre aurilia li excos*, das Verbum hier noch wie im Latein. gebraucht, dentes, oculum excutere heraus=schlagen, herabschlagen, altfr. escorre esquerre abschütteln, losmachen.

41, 1. *red* für rend, vgl. Boeth. V. 57.

42, 2. *desans*, auch Leodegar 31, 2, Adverb mit der Bed. 'vorher', gebildet wie des-ab-anz 102. 120. Mit der franz. Form *aveit*, die zum Plur. aveien 7, 4 stimmt, ist die Assonanz zu retten.

43, 3. *adunovent* (adunouent). Ich wage nicht adunavent dafür zu schreiben, da jene Form ihr grammatisches Recht hat und zumal in einem Sprachdenkmale von so wenig bestimmter Färbung leicht eine Stelle finden konnte.

44, 3. *envengud* neben trovez, willkommenes Zeugnis für das frühere Dasein des Verbums invenire im Romanischen, das nachher von trovare aus der Sprache verdrängt ward.

44, 4. *feist* nicht Imperf. Conj. (feïst) der hier übel angewandt wäre und V. 53, 4 feisis lautet, sondern Perf. Ind. für das übliche fist oder fez, wie auch feisis für fesis. Dem Vers fehlt eine Sylbe (*il* non feist?)

47, 4. *Fedre* ist eine orthographische Subtilität für feire, um diesem eine alterthümliche Gestalt zu geben, da i oft auf d zurückleitet.

48, 1. *fins en las ostias estet Petre*. Fins = ital. fino, eine übrigens unprov. Partikel, gibt mit dem Vb. estar keinen Sinn, so daß der damit anhebende Satz die Stelle bei Matth. 26, 58 Petrus autem sequebatur *usque* in atrium nicht ausdrücken kann. Liest man fors, so schmiegt sich der Vers an Joh. 18, 16 Petrus autem stabat ad ostium foris ($\pi\varrho\grave{o}\varsigma$ $\tau\tilde{\eta}$ $\vartheta\acute{v}\varrho\alpha$ $\breve{\epsilon}\xi\omega$. Las ostias (Fem.) ist wie ital. le uscia die Thürpfosten.

48, 2. *al fog l'useire l'eswardevet*. L'useire ist = franz. l'huissière = ancilla ostiaria Joh. 18, 17. Eswardevet habe ich gegen das nicht zu rechtfertigende eswardonet gleich in den Text aufgenommen. Nach adunovent 43, 3. wäre auch eswardovet möglich.

48, 3, 4. *et de sa raison si l'esfred, que so dieu si*

li fai neier 'unb mit ihrer Rede erſchreckt ſie ihn ſo, daß ſie ihn ſeinen Gott auf dieſe Weiſe verläugnen läßt'. Esfred franz. Form zuſammengezogen aus esfredet, prov. konnte nur esfreda ſtehn.

49, 2. *terce ves* zum dritten mal, eine Formel, die keines Artikels bedarf, vgl. 35, 3, auch 105, 3. Ebenſo tierce feiz Livr. d. rois p. 346.

49, 3, 4. *los reswardet lui recognostre et semper fit* (fist) 'er betrachtete ſie um ihn zu erkennen und ſogleich that er' d. h. erkannte er ihn.

50, 1. *dalo*, ſ. zu 29, 1.

50, 2. *se ploret*, reflexiv, ſ. zu Boeth. 159.

52, 2. *mel* für mal auch im Fragment von Valenciennes.

52, 4. *patierent* verhandelten, verglichen ſich. Das Vb. patier, mlat. pactare, ital. pattare, ſpan. pechar, port. peitar, ſcheint ſonſt im Franz. nicht üblich.

54, 1. *de multes vises l'apeled*, Luc. 23, 8 interrogabat autem cum multis sermonibus. Vises für guises = manières.

55, 3. *blanc vestiment si l'a vestit*. Dieſes gemüthliche si, welches auf invertierte Satztheile zurückweiſt (vgl. 89, 2; 107, 4) erinnert an unſer ahd. sô in Stellen wie joh allô thiô zîtî sô zaltun siê bi nôtî; zi wâfane snellê sô sint thiê thegana allê.

56, 1. *Pilat* Dativ, abhängig von *consentunt* (consentir qch. à qqun ſ. z. B. Wace S. Nicol. ed. Delius v. 1457).

57, 1. *claufisdrent* = crucifixerunt eigentl. = clavo fixerunt, ſpäter nach der 1. Conj. cloufichier.

58, 1, 2. *cum aucidrai cui vos est rei* || *so dis Pilas* (rei für reis.) Der Herausgeber theilt ab reizo || dis Pilaz und überſetzt quelle raison avez-vous? Reisons (für raisons) ſteht wirklich 61, 1, und ſcheint unterſtützt zu werden durch nullam causam in hoc homine Luc. 23, 4, vgl. Joh. 19, 4. Allein dieſe Art zu leſen iſt gegen die Conſtruction, gegen das Metrum und gegen die Aſſonanz. Nach der in den Text aufgenommenen Abtheilung paſſen die Worte zu Joh. 19, 15 regem vestrum crucifigam? 'wie ſoll ich den tödten, der euch König iſt?' Für cui könnte man qui ſchreiben, doch läßt ſich jenes

.als Attraction rechtfertigen. Freilich cum aucidrai ieu vostre rei wäre eine einfachere und getreuere Uebersetzung der Stelle des Apostels.

58, 2. *forsfais non es* 'er ist kein Missethäter'.

58, 3. *rumpre*, wie man sicher für rumple lesen muß, scheint synonym mit flagellar, etwa 'hart züchtigen', vgl. ital. rompere lendenlahm machen.

60, 2. Vielleicht 'damit er wegen seines Todes sich verläugnen könne'; se neger (neyer) = span. negarse.

62, 3. *de las*. Der Vers verlangt die franz. Form dels.

66, 4. *qui* Partikel für que, vgl. Leodegar 16, 4. 28, 4. Alexius 22, 5. Es mahnt noch an das quid der Eide.

68, 1. *deramar* zerreißen, in derselben Bedeutung Alexius 29, 4.

68, 2. *mais aura sort an agitad*. Aura Adverb für ara? Aber agitar sort hat man schwerlich gesagt. Ich gebe als Conjectur mais ara sort van a gitar, wiewohl der Stelle Joh. 19, 24 sed sortiamur de illa cuius sit besser entsprechen würde mais qui l'aura sort an gitad (wofür gitada freilich üblicher wäre).

70, 1. Statt *u* wird eu zu lesen sein. Aber für den folgenden Vers ist kein Rath.

72, 2. *cridarun* eine Unform, für welche man unbedenklich *cridarun* schreiben darf, lat. quiritatio.

72, 3, 4. *uns dels ladruns el escarnie;* dasselbe pleonastische Personalpronomen Leodegar 20, 1.

75, 1. *qui non mentid*. S. über diese Formel zu Boeth. V. 45.

75, 2. *se par si pius*, vielleicht apar si pius.

76, 3, 4. *chi per hum va confession, perdones al ladrun*. Verderbte Stelle, wie auch der verstümmelte zweite Vers verräth. Es ist leicht etwas passendes dafür unterzuschieben, z. B. chi humil fai confession perdones tu cum al ladrun.

77, 4. *que nos ne dest tua pietad*. Etwa qu'en nos vedes, per ta pictad? vgl. 128, 4 per ta pietad lor perdones. Vedes für ves wie tenes, podes, voles neben tens, potz, vols besteht.

78, 4. *suspensus fues*, vermuthlich *furet*.

80, 1. *uns dels felluns chi sta iki, sus en la cruz li trenlazet*. Champollion überſetzt le perce d'une lance. Hiernach wäre zu leſen lo traslazet, wenn das in keiner der Schweſterſprachen vorhandene, durch kein entſprechendes Beiſpiel unterſtützte Compoſitum tras-lanzar als eine ſchickliche Bildung anerkannt werden dürfte. Aber auch in der Sache liegt ein Bedenken, da der Lanzenſtich dem Tode des Heilandes nicht vorangieng, ſondern auf ihn folgte. Einen ſo groben Verſtoß aber gegen die Geſchichte dürfen wir dem Cleriker, der das Gedicht muthmaßlich zu kirchlichem Gebrauche verfaßte, ſicher nicht zutrauen. Er folgt hier, wie man leicht bemerkt, der Erzählung des Matthäus 27, 48, 50: et continuo currens unus ex eis *(uns dels felluns)* acceptam spongiam implevit aceto et imposuit arundini et dabat ei bibere. Jesus autem iterum clamans voce magna *(fortmen recridet* im folg. Vers) emisit spiritum *(lo spiritus de lui anet.)* Man ändert nun aber weniger am Buchſtaben als der Herausgeber ändern muß, wenn man trent in traif verwandelt und alſo lieſt li trais azet 'er brachte (reichte) ihm Eſſig auf das Kreuz hinauf'. Traire = ſpan. traer, azet = ital. aceto.

81, 1. *an* für en, vgl. Leodegar antro für entro 32, 2.

82, 1. *mult corps sans;* letzteres kann Gen. Plur. ſein nach dem lat. multa corpora sanctorum, als Nomina gehörte es zu den Fehlern. *Exut* verlangt der Reim.

83, 4. *no l sab om inls*. Zunächſt läge om vils, 'der niedere, ſtaubgeborene Menſch kann ſolchen Schmerz nicht ermeſſen', unten 85, 3. nulz om mortals no l pod penser. Noch wäre zu erwägen om nuls wie 121, 3, vgl. 85, 3, was indeſſen die Aſſonanz zerſtört.

85, 1. *nenperro*, beſſer nenpero d. i. n-en-per-o nicht deshalb, nichtsdeſtoweniger = pr. enpero no oder auch bloß enpero.

85, 4. *percogded* = per-cogitavit? Beſſer precogded, aus dem vorhandenen praecogitare. Simeon dachte oder ſah es voraus, da er zu Maria ſagte tuam ipsius animam pertransibit gladius Luc. 2, 35. Statt des oben angenommenen lo wäre auch l'og möglich, lo i aber nicht zu rechtfertigen.

88, 2. *cuschement*, sichtbarlich ein deutsches, der Sprache nachher wieder abhanden gekommenes Wort, ahd. cûsc rein, nhd. keusch.

91, 3. *emblar l'auran* für l'emblaran, auf spanische Weise.

92, 2. *pece* für pechez.

93, 4. *regnet pocians se fena*. Pocianz begleitet der Herausgeber mit einem Fragezeichen, es ist also wohl nicht ganz leserlich. Doch geben die beiden ersten Worte einen passenden Sinn = franz. Christ règne puissant, puissamment; über den Schluß des Verses aber wage ich keine Vermuthung.

94, 2. *fort Satanan alo venquet* 'überwand er daselbst den starken Satan'.

94, 4. 95, 1. *que contr' omne no te vertud et qui era li om primers* etc. Der Druck hat: que contra omne n'ot v., was keinen gesunden Sinn gewährt: Jesus besiegte den Satan, 'so daß er gegen den Menschen nicht Macht hatte'. Die Macht des Satans sollte ja für immer gebrochen sein. Grammatisch ist auch dagegen zu erinnern, daß unser Denkmal weder ne (n') für non, noch auch ot gebraucht. Bessert man, wie oben geschehen, so ist der Sinn der ganzen Stelle: 'Jesus besiegte den Satan, so daß er gegen den Menschen keine Macht hat und dem (qui für a qui oder cui) der erste Mensch seiner Sünde wegen gehörte und die Kleinen und die Großen und die daselbst (in der Hölle) schon viele Jahre hindurch waren.' Der Emendation no te aus not vergleicht sich oben 24, 4 cove aus cov.

95, 3. *petit*, vielleicht petitet.

96, 3. *usque*, auch im Alexiuslied 58, 2.

98, 2. *cum soleils soes esclairas*. Vielleicht cum lo soleilz sors esclairaz; sorzer gebraucht wie lat. und ital. surgere. Den Artikel ließ der Schreiber fallen, weil soleil ohne denselben zu stehen pflegte, mit demselben aber steht er 78, 2; Ferabr. 3455 lo mati anaray, quan sera esclayrat.

99, 1. *angeles* dreisylbig wie auch in andern Gedichten z. B. Chans. d'Ant. I. 93; sonst oft angeles geschrieben und zweisylbig anjles gesprochen (welcher Meinung auch Michel ist, s. Ger. de Nev. p. 242).

100, 1. *en pas* ist wohl in en pos = span. en pos zu ändern. — Für *custodes* verlangt der Reim custods, was auch die sprachrichtige Bildung wäre, wiewohl in spätern Werken custodes dreisylbig gesprochen wird: lor custodes a mal esquel etc. Renard IV. 436. Uebrigens entstand aus custos prov. custodi, span. custodio.

100, 2. *espauriren* viersylbig, für espaüriren; dieselbe Synärese in paurucha (dreisilbig), gleichfalls von pavor.

100, 3. *quaisses*, ein neues Beispiel der mit s erweiterten Partikeln, Rom. Gramm. II. 378, sonst quais, von quasi.

100, 4. *sob*, s. Anm. zu 16, 4.

101, 3. *dis vos, neient ci per que crenies*. Stößt man per aus, welches der Schreiber arglos hinzufügen mochte, da es in dieser Verbindung üblich ist, so ist für das Metrum gesorgt. Die Copula est fiel aus wie 122, 4 Xpistus Jhesus pertot ab elz. Aber dis mit paragogischem s (vgl. prov. dic 1, 1) muß in einem so alten Denkmale auffallen, welches von dieser Form kein anderes Beispiel gewährt, man müßte denn dis 14, 2 für dasselbe Wort nehmen. Sollte der Anfang dieses Misbrauches so hoch hinaufreichen? Im Alexiusliede finden sich bereits die Imperative vas und oz (lat. audi.)

104, 2. *senps*, einfache Form vom lat. simul, sonst überall en-semps.

105, 1. *seinhe*. Das Alter dieser abgekürzten Form ist zu bemerken.

105, 4. *medre* für mesdre.

106, 4. *si con l'audit*. Der Druck hat sil, worin das stets mit c geschriebene Pronomen cil nicht zu vermuthen ist; vielleicht steht in der Hs. siccon. Für con l'audit wird man con l'ai dit lesen müssen, wenn nicht com ai dit. Was Str. 103 von Petrus gesagt ward, betrifft freilich nicht dessen Gespräch mit Christus, wovon Johannes redet Cap. 21.

108, 2. *era* gegen die Assonanz war der Verfasser nicht genöthigt zu setzen, da ihm esteit zu Gebot stand: es ist also wohl ein Versehen des Schreibers.

111, 3. *sa passions peisons tostas.* Muthmaßlich ist zu bessern sa passion peisons testát 'sein Leiden bezeugte (bezeichnete) der Fisch.' Diese Bedeutung hat testar noch im Churwälschen, während die andern Sprachen sie mit testificare ausdrücken.

113, 2. *per mult semblant* 'durch viele Gleichnisse'. Die zweite Hälfte des Verses fehlt.

113, 3. *bet* für bec verschrieben, oder eine eigne Form?

114, 1. *e per es mund coal allar.* Es für est kann ein mundartlicher Zug sein, dasselbe begegnet auch 125, 4, im Alexiusliede 14, 3 ices. Coal ist wohl in co val zu trennen: 'er spricht von dem Reiche Gottes und wie es fromme durch diese Welt zu wandern'.

114, 3. *l'incredran.* Für ein Compositum encreire zeugen manche Stellen, z. B. Alexius 65, 2 ne l'encreient 'sie glauben es nicht', 41, 5 se jos ancreid 'wenn ich sie glaube'; Wackernagel p. 18 ke mes ieuls encru; N. Leyczon v. 407 aquel que ho say encreyre. Vgl. franz. en croire quelqu'un.

116, 1, 2. *si alcuns d'els beven veren, non aura mal,* für auran, Sing. für Plur. durch Synesis.

120, 1, 2. Der Sinn dieser Verse ist mir nicht klar.

122, 3. *gent et pople,* l. pople et gent.

125, 1, 2. *lui que aiude nuls vendra, cum peis lor fai, il crecient mais.* Ich lese (indem ich jedoch die Stelle genauerer Ansicht empfehle) qu'en aiude nus, und übersetze: ihn (Christus), der uns einst zu Hülfe kommen soll, je schlimmer ihnen jener (der Teufel den Getreuen Gottes) mitspielt, um so mehr fördern sie ihn (den Heiland b. h. seine Lehre).

125, 3. *lo cap a crut et vegurad.* Besser an crut, theils wegen der Accusativform cap, theils weil vegurar (lat. vigorare) in keiner roman. Sprache als Intransitiv gebraucht wird. Also: 'das Oberhaupt haben sie gefördert und gekräftigt.'

126, 3. *fraindre deven nostra voluntaz.* Dem Vers ist nicht anders zu helfen, als wenn man nostra in nos verkürzt, ein Form, welche sehr hoch hinaufreicht, da schon das Fragment von Valenciennes das entsprechende vost für vostres gebraucht. Nos für nostres findet sich auch im Alexiuslied 105, 3.

126, 4. *que part aiam*, vermuthlich qu'aiam part.
127, 1. *fini muns* für lat. finis mundi.
127, 3. *drontre nos les, façan lo ben, gurpissen mund et sem peccad* 'so lange es uns noch erlaubt ist, laßt uns Gutes thun, die Welt wegwerfen und ohne Sünde'. Vielleicht aber hatte das Original som peccad 'ihre Sünde'. Ueber die Partikel drontre s. zu Leodegar 33, 4.
128, 1. *man en sus*, vgl. zu Eulalia V. 6.
128, 3. *am mespres*, für an mespres durch Assimilation.

II. Sanct Leodegar.

Ueber Handschrift und Abdruck dieser Legende ist schon oben in der Vorerinnerung zur Passion Christi das Nöthige bemerkt worden. Sie ist von einer etwas spätern Hand, aber nach des Herausgebers Meinung gleichfalls noch im zehnten Jahrhundert geschrieben. Daß sie etwas jünger sei, dafür ist schwerlich ein anderer grammatischer Grund beizubringen als die schon gesunkene Form der Negationspartikel ne, die sich neben non einfindet, etwa auch die Form der Präposition par, beide dem ersten Denkmal wie oben bemerkt, noch unbekannt. Aber es fehlt auch hier nicht an alterthümlichen Flexionen, Wörtern und Bedeutungen. Dahin gehört das Plusquamperfect, die Partikeln hanc = ital. anche, quandius, den, dontre, das Substantiv exercite, die Verba clergier, condignar, condemnar beschädigen, se paiar sich versöhnen, perdonar schenken. Das flectierende s wird, außer in Eigennamen, mit ziemlicher Sorgfalt gehandhabt: es fehlt 16, 2 in tos consilier, 40, 2 in que grand sustint, und ist überflüssig in deus 36, 4, sancz 38, 1.

Die Mundart neigt sich offenbar etwas mehr zur französischen Form als die des ersten Gedichtes. Zwar ist auch hier a neben e gleichberechtigt, der Artikel lautet li und lo u. dgl.; aber es treten entschieden französische Züge hervor, die dem ersten Denkmale ganz fremd sind, z. B. das abgekürzte Pronomen s = prov. ls 15, 2, die Endung des Infin. ier = prov. ar (parlier, laudier, auch Partic. laudiez), die des Partic. Präs. ant an = prov. en (ardant, percutan), die Formen estrai = prov. sarai, algent = prov. anen; auch nimmt die Endung t = prov. c im Perfect überhand (oth, joth, poth für ac, jac, poc).

Man bemerkt überdies eine Neigung zum Diphthongieren: wenigstens steht ie oft für franz. e, a, ai, (ciel für cel, tiel für tel, ispieth für épée, humilitiet für humilité, miel für mal, piers für pairs), uo steht mehrmals für o (buon für bon, duol für dol). U und o vertragen sich auch hier (cantumps cantom, nun nom, super sobre). Champollion vermuthet, die Legende sei in Limousin oder Poitou abgefaßt, schöpft aber aus der Sprache keine Belege dafür. Unter den Gränzmundarten hatte die poitevinische ein gewisses Ansehen. Manche Handschriften enthalten Lieder in derselben, gewöhnlich Uebersetzungen, und auch in Epopöen wird auf solche Lieder Bezug genommen; soweit sie sich aber aus diesen Proben beurtheilen läßt, hatte sie eine verhältnißmäßig zu bestimmte Haltung, um sich in den allzu schwankenden Sprachformen unsers Gedichtes wiedererkennen zu lassen.

Auch hier sehen wir den achtsylbigen Vers und die Assonanz angewandt; aber die Strophe besteht aus drei Reimpaaren und nur der männliche Reim ist zugelassen. Das Metrische ist schon etwas sorgfältiger behandelt als in der Passion Christi: e z. B. reimt nicht auf i, o nicht auf u. Aber poetischer Geist und Schmuck fehlt auch hier. Bemerkenswerth ist etwa nur die refränartige Wiederkehr der Schlußverse Str. 27 und 28:

   hor' a perdud dom deu parlier,
   ja non podra mais deu laudier.
was etwas nach Poesie schmeckt.

Es gibt drei ältere Lebensgeschichten des heil. Leodegar: zwei derselben, die erste von einem ungenannten Monachus Augustodunensis, die zweite von einem Ursinus Prior Locociacensis (franz. Ligugé), stehen in den Actis Sanctorum (oct. tom. I.), eine dritte, metrische, hat Pitra in seiner Histoire de Saint Léger Par. 1846 p. 464—503 herausgegeben. Es läßt sich eben nicht behaupten, daß unser romanischer Verfasser sich streng an jene Quellen gehalten, wiewohl er sie gekannt haben muß; er weicht an einigen Stellen so sehr davon ab, daß er noch aus andern Nachrichten, nach Champollions Vermuthung aus mündlicher Ueberlieferung, geschöpft haben muß. Da er nur die Spitzen der Geschichte seines Heiligen berührt, so leidet seine Erzählung an Undeutlichkeit. Eine kurze hier und da ergänzende Inhaltsanzeige wird zugleich das Verstehen des Ge= dichtes erleichtern.

Leodegar wird als Kind von seinen Eltern dem König Lothar (III), Sohn der Baldechild (roman. Baldequi) überge= ben, Strophe 3 (der Geschichte nach war es Lothar II; seine Gemahlinn Balthildis führte nachher die Vormundschaft über ihren Sohn Lothar III). — Der König läßt den Knaben durch (dessen Oheim) Dido, Bischof von Poitiers, zum Geistlichen bilden, Str. 4 — Nach vollbrachten Studien lebt Leodegar wieder am Hofe des Königs, bis er Abt von St. Maixent (unweit Poitiers) wird, Str. 5. — Wegen seiner trefflichen Eigenschaf= ten liebt ihn der König (Lothar III., der unterdessen zur Re= gierung gekommen), ruft ihn an den Hof und befördert ihn (659) zum Bischof von Autun, Str. 6—8 — Nach Lothars Tode (670) wählen die fränkischen Barone Chilperich zum König, Str. 9 (Childerich II., Lothars Bruder ist gemeint). — Vergebens sucht Graf Ebroin (der Major Domus) den andern Bruder Dietrich auf den Thron zu erheben. Aus Verdruß über seinen mislungenen Plan tritt er als Mönch ins Kloster Luxeu (in den Vogesen), Str. 10. 11 (Eigentlich folgte Dietrich III. auf Lothar, ward aber nach einer kurzen Regierung wegen Ebroins Tyrannei abgesetzt, Childerich ward gewählt und Ebroin zum geistlichen Stande genöthigt) — Chilperich (d. h. Childerich) macht Leodegar zu seinem Rathgeber und regiert löblich Str. 12. — Aber ein boshafter Verläumder reizt den König zum Zorn ge= gen den Mann Gottes. Dieser erfährt es, hält es aber ge= heim, Str. 13. — In Gegenwart des Königs, der ihm nach dem Leben trachtet, feiert Leodegar das Osterfest (zu Autun) und entfernt sich sodann aus der Stadt, Str. 14 — begibt sich aber auf des Königs versöhnliche Einladung wieder zu demselben Str. 15 — und stellt ihm vor, er könne ihm nicht mehr als Rathgeber dienen, da sich dies mit seinem bischöflichen Amte nicht vertrage; lieber möge ihn der König in ein Kloster gehen lassen, Str. 16. — Es wird ihm vergönnt und so tritt er in Luxeu ein, wo er (seinen Nebenbuhler) Ebroin findet, Str. 17.

— Diesen bewegt er durch seine Ermahnungen zur Versöhnung, die aber nicht aufrichtig gemeint ist, Str. 18, 19. — Bewegungen nach Childerichs Tode (674). Ebroin verläßt das Kloster, sammelt Mannschaft und verwüstet das Land, Str. 20—23. — Sodann belagert er den verhaßten Leobegar in Autun (wohin dieser zurückgekehrt war) und nimmt ihn, der, um für die Stadt zu bitten, an der Spitze seines Clerus ausgezogen war, gefangen, Str. 24. 25.

Zweites Lied: Leobegars Märterthum. — Ebroin läßt den Gefangenen blenden und einsperren, ihn dann noch der Lippen und Zunge berauben, Str. 26—29. — So überantwortet er ihn einem Manne Namens Guenes (Waningus in den Quellen), der ihn in ein entlegenes Kloster, Fecamp, bringt, Str. 30. — Dort gibt ihm Gott die Lippen wieder, so daß er beten und das Volk zum Glauben anleiten kann, Str. 31. — Als Ebroin das erfährt, übergibt er ihn einem andern Aufseher, Laubebert (Rotbertus comes palatii in den Quellen) mit dem Auftrage ihn zu mishandeln, Str. 32. 33. — Ein Wunder geschieht, Str. 34. 35. — Leobegar predigt wieder vor vielem Volke, Str. 36. — Endlich sendet Ebroin vier Bewaffnete ihn umzubringen, aber nur einer derselben, Babar (Wardardus in einer Quelle des 11. Jahrh., Pitra p. 551.) vollzieht diesen Befehl, Str. 37. 38. — Wunder bei dem Tode des Märtyrers, Str. 39. — Schluß, Str. 40.

1. Domine deu devemps lauder
   et a sus sancz honor porter;
   in su amor cantomp dels sanz
   quae por lui augrent granz aanz;
   et or' es temps et si est biens
   quae nos cantumps de sant Lethgier.
2. Primos didrai vos dels honors
   quae il auuret ab duos seniors;
   apres ditrai vos dels aanz
   que li suos corps susting si granz,
   et Evvruin, cil deumentiz,
   que lui a grand torment occist.
3. Quant infans fud, donc a ciels temps
   al rei lo doistrent soi parent.
   qui donc regnevet a ciel di,
   cio fud Lothiers fils Baldequi.
   il le amat; deu lo covit;
   rovat que litteras apresist.
4. Didun l'ebisque de Peitieus
   lui l comandat ciel reis Lothiers.
   il lo reciut, tam ben en fist,
   ab u magistre sempre l mist
   qu' il lo doist bien de ciel savier
   don deu serviet por bona fied.
5. Et cum il l'aut doit de ciel' art,
   rendet qui lui lo comandat.
   il lo reciut, bien lo nodrit,
   cio fud lonxtiemps ob se lo ting.
   deus l'exaltat cui el servid,
   de sanct Maxenz abbas divint.
6. Ne fud nuls om del son vivent

1, 3. del sant. — 3, 6. rovit. — 4, 4. abd magistre. — 5, 3. nonrit. — 5, 4. los fůr lo. —

qui mieldre fust donc a ciels temps;
perfectus fud in caritat,
fidautat grand et veritat,
et in raizons bels oth sermons,
humilitiet oth per trestoz.

7. Cio sempr' et fud et ja si er:
qui fait lo bien, laudaz en est.
et sanz Letgiers sempre fud bons,
sempre fist bien o que el pod.
davant lo rei en fud laudiez;
cum il l'audit, si l'inamet.

8. A se l mandat et cio li dist:
a curt fust, sempre lui servist.
il l'exaltat e l'onorat,
sa gratia li perdonat,
et hunc tam ben que il en fist,
de Hostedun evesque en fist.

9. Quandius visquet ciel reis Lothier,
bien honorez fut sancz Lethgiers.
il se fud mors, damz i fud granz;
cio controverent baron franc,
porcio que fud de bona fiet,
de Chielperig feissent rei.

10. Un compte i oth, pres en l'estrit:
ciel eps nun auret Evvruins.
ne vol reciuure Chielperin,
mais lo seu fredre Theodri.
ne l condignet nuls de sos piers,
rei volunt fair' estre so gred.

11. Il lo presdrent tuit a conseil,
estre so gret ne fisdren rei.
et Evvruins oth en gran dol
perro que vencre no ls en poth.
por ciel tiel duol rova s clergier,

6, 4. fidautal. — 7, 2. net für est. — 7, 6. su (sillinamet?) —
8, 2. fugt. — 10, 4. li. — 11, 3. ot ten.

si s'en intrat in un monstier.
12. Reis Chielperics tam bien en fist,
de sanct L. consilier fist.
quandius al suo consiel edrat,
incontra deu ben si garda,
lei consentit e l' observat
et son regnet ben dominat.
13. Ja fud tels om, deu inimix
qui l' encusat ab Chielpering.
l' ira fud granz cum de senior
et sancz L. oc s' ant pavor;
ja lo sot bien ille celat,
a nul omne no l demonstrat.
14. Quand ciel traetels esdevint,
paschas furent in eps cel di;
et sancz L. fist son mistier,
missae cantat, fist lo mul ben,
pobl' an lo rei communiet
et sens cumgiet si sen ralet.
15. Reis Chielperics cum il l'audit,
presdra sos meis, a lui s tramist
cio li mandat que revenist,
sa gratia por tot ouist
et sancz L. ne s soth mesfait,
cum vit les meis, a lui ralat.
16. Il cio li dist et advuat:
'tos consilier ja non estrai,
meu evesques ne m lez tener
porce qui sempre vols aver.
en u monstier me laisse intrer,
pos eu non posc la vol ester.'
17. Enviz lo fist, non voluntiers,
laisse l'intrar in u monstier:
cio fud Lusos ut il intrat.
clerj' Evvrui ille trovat.

14, 1 esdevent. — 16, 5. monstrier. — 16, 6. posoii für pos eu.

cil Evvruins molt li vol miel
toth per enveie, non per el.
18. Et sancz L. fist so mistier,
Evvruin s prist a castier:
ciel ira grand et ciel corroapt
cio l'a preia laissas lo toth,
fus li por deu, ne l fus por lui;
cio li preia paias ab lui.
19. Et Evvruins fis fincta pais,
cio l demonstrat que si paias,
quandius in ciel monstier ins fud;
cio l demonstrat amix li fust,
mais en avant vos cio aurez,
cum il edrat par mala fied.
20. Rex Chielperings il se fud mors,
por lo regnet lo souurent toit.
vindrent parent c lor amic,
li sanct Lethgier, li Evvrui;
cio confortent ad ambes duos
que s' ent ralgent in lor honors.
21. Et sanct Lethgier den fistdra bien
quae s'en ralat en s' evesquet;
et Evvruins den fisdra miel
quac donc deveng anatemaz;
son queu que il a coronat,
toth lo laisera retniier.
22. Domine deu il cio laissat
et a diable comandat.
quar donc fud miet ser a lui vint,
il voluntiers semper reciut.
cum folc en aut grand adunat,
lo regne prest a devastar.
23. A foc, a flamma vai ardant
et a gladi es percutan;
por quant il pot tan fai de miel,

17, 6. enveii. — 18, 5. lus. — 19, 2. puas. — 19, 6. fid (vgl. fiet 9, 5).

por deu ne l volt il observer.
ciel ne fud nez de metdre vius
qui tal exercite vidist.

24. Ad Ostcedun, a cilla ciu,
donc sanct Lethgier vai asalir.
ne pot intrer en la ciutat.
defors la fist sufrir gran miel,
et sanct Lethgier mul en fud trist
por ciel tiel miel quac defors vid.

25. Sos clerjes pres et revestiz
et ob ses croix fors s'en exit.
porro n'exit, vol li preier
quae tot ciel miel laisses, por deu:
ciel Evvruins qual hora l vid,
penre l rovat, lier lo fist.

26. Hor' en aurez las poenas granz
quae il en fisdra, li tiranz,
li perfides, tam fud cruels!
lis ols del cap li fai crever.
cum si l'aut fait, mis l'en reclus:
ne soth nuls oms qu'es devenguz.

27. Ambas lauuras li fai talier,
hanc la lingua quae-aut in queu.
cum si l'aut toth vituperet,
dist Evvruins qui tan fud miels:
'hor' a perdud dom deu parlier,
ja non podra mais deu laudier.'

28. A terra ioth, mult fo afflicz,
non oct ob se cui en cal sist,
super lis picz ne poth ester,
qui toz los at il condemnets.
or' a perdud don deu parlier,
ja non podra mais deu laudier.

24, 2. asalier. — 24, 4. sifrir. — 24, 6. po. — 25, 3. exiz. — 26, 6. devengunz. — 27, 1. amlas. 27, 5. pordud. — 28, 3. li für lis. — pot l.

29. Se cil non ath lingu' a parlier,
    deus exaudis lis sos pensaerz;
    et si cl non ad ols carnielz
    en corps, los at el spiritiels;
    et si en corps a grand torment,
    l'amma n'auura consolament.
30. Guenes oth num cui l comandat;
    la jus en castres l'enmenat,
    et en Fescant in ciel monstier
    illo reclusdrent s. L.
    domine deus in ciel flaiel
    visitet Letghier son serven.
31. La labia li restaurat,
    si cum desanz deu pues laudier.
    et hanc en aut merci si grand,
    parlier lo fist si cum desans.
    donc pres s. Lethgiers a preier,
    poble ben fist credre in deu.
32. Et Evvruins cum il l'audit,
    credre ne l pot antro que l vid.
    cum il lo vid, fud corroptios;
    donc oct ab lui dures raizons;
    e l corps exastra al tirant,
    peis li promest adenavant.
33. A grand furor, a grand flaiel
    si l recomandet Laudebert;
    cio li rova, et noit et di
    miel li fiseist dontre qu' el viu.
    ciel Laudebert era buons om
    et sancs Letghier dius a son dom:
34. 'Il mio fraire, miedra me beuure.'
    beuure li rova a porter.
    garda, si vid grand claritet;
    de cel vindre, fud de par deu,
    et si cum roors in cel es granz

29, 1. at llingu'a. — 30, 6. visitel... servu. — 32, 2. credrer.

et si cum flamm' es clar ardanz.
35. Cil Laudeberz qual hora l vid,
torne s' als altres, si lor dist:
'ciest omne, ciel mult aima deus
por cui tels causa vin de ciel.'
por ciels signes que vidrent tels,
deu presdrent mult a conlauder.
36. Tuit li omne de ciel païs
trestant apresdrent a venir.
et sancs Letghiers lis predicat,
domine deus il les lucrat;
rendet ciel fruic spiritiel
quae deus li auret perdonat.
37. Et Evvruins cum il l'audit,
credre ne l pot antro que l vid;
cil biens qu' el fist, si li pesat,
occidere lo commandat.
quatr' omnes i tramist armez
que lui alessunt decoller.
38. Li tres vindrent a sancz L.,
tuit se giterent a sos pez.
de lor pechietz que aurent faiz,
il los absols et perdonet.
lo quarz, un fel, nom a Vadar,
ab un ispieth lo decollat.
39. Et cum il l'auth tollud lo queu,
lo corps esteva sobre ls piez;
cio fud lonxdis que non cadit.
lai s' aprosmat que lui firid,
entro li talia los pez dejus,
lo corps esteva sempre sus.
40. Del corps asaz l'avez audit,
et dels flaiels que grand sustint.
l'amma reciut domine deus,

34, 6. ardaz. — 35, 2. sillor. — 37, 3. silli pesaat. — 38, 6. inspieth. — 39, 1. aut l. — 39, 6. steva.

als altres sanz en vai en cel.
il nos aiud' ob ciel senior
per cui sustint tels passions.
Finit, finit, finit
ludendo dicit.

Anmerkungen.

1, 4. *aans*, beſſer ahanz = afanz.

2, 1. *primos*, lat. primo mit angefügtem adverbialem s, oder Schreibfehler für primas (primes). *Didrai*, beſſer ditrai, von dictare.

2, 2. *duós* iſt zu ſprechen.

2, 3. *apres ditrai* deutet auf den zweiten Geſang, der Str. 26 anhebt.

3, 1. *infans* zu ſprechen lehrt das ſpätere franz. *énfes*.

3, 2. *al rei lo doistrent soi parent*. Champollion ſchreibt loddistrent und überſetzt l'offrirent. Aber distrent = dixerunt kann dieſe Bedeutung nicht ausdrücken. Nach dem Facſimile iſt der Buchſtabe hinter dem erſten d kein rechtes d, ſondern ein o, worauf ein vielleicht zufällig entſtandener ſenkrechter Strich ruht: wenigſtens kann der Buchſtabe eben ſo wohl ein o vorſtellen wie ein d. Doistrent iſt = duxerunt wie unten 4, 5 doist = duxit, und ſo wäre der Sinn: 'ſeine Eltern brachten ihn zum König.'

3, 5. *le amat*, vermuthlich l'enamat wie 7, 6 l'inamet. Le für lo kommt außerdem nicht vor. — *deu lo covit* 'er begehrte ihn für Gott'? vgl. 36, 4 deu les lucrat 'gewann ſie für Gott'. Prov. cobir, altfr. encovir von cupere.

4, 5. *doist*, von duire anleiten, lehren, ſp. ducir, Part. ducho. S. zu Boeth. V. 155.

5, 4. *ob*, ſo auch 25, 2; 28, 2; 40, 5 eine unſerm Denkmal eigenthümliche Nebenform von ab 2, 2, die leicht aus apud durch die im franz. nicht unübliche Verſetzung des u (aup op) hervortreten konnte.

6, 1. *ne* = lat. nec.

8, 2. *a curt fust* 'er möge am Hofe fein.'

8, 4. *sa gratia li perdonat* 'ſchenkte ihm ſeine Gunſt', ebenſo 36, 6. Wie lat. condonare und ahd. virgeban einigt auch perdonare die Bedeutungen ſchenken und verzeihen. Von erſterer aber ſcheint dies das einzige roman. Beiſpiel, denn in andern Verbindungen wie in perdonar la vida bedeutet das Verbum etwas verwirktes erlaſſen. Mittellat. Beiſpiele ſ. bei Ducange.

8, 5. *hunc* = unc (lat. unquam) läßt ſich nicht überſetzen: man leſe hanc wie 27, 2.

8, 6. *Hostedun*, unten 24, 1 Ostcedun, fr. Autun, lat. Augustodunum.

9, 1. *quandius*, ſo auch 12, 3; 19, 3, ſ. zu Boeth. V. 1.

9, 4. *cio* weiſt, wie oft, auf das folgende: 'ſie fanden das gut, daß ſie ihn zum König machten.'

10, 2. *nun auret Evvruins*. Bei avoir nom pflegt der Name im Nomin. zu ſtehen wie auch 30, 1, vgl. reys joves aviatz nom agut Lex rom. IV. 320. Aber auch der Accuſ. iſt zuläſſig, ſ. unten 38, 5.

10, 3. *Chielperin* neben Chielperic (-ig) und Chielpering; ebenſo in der burgundiſchen Mundart amic und amin, zwiſchen welchen Formen vielleicht aminc die Vermittlung bildete.

10, 5. *condignet* ſ. v. a. dignet, lat. nur Adj. condignus, woraus das mlat. Verbum condignare = condignum putare: neque condignaverunt hoc negare Annal. Franc. S. Nazarii, ſ. Ducange.

11, 4. *perro* d. i. pero.

11, 5. *rova s clergier*. Das Lex. rom. II. 413[b] hat clergier 'prêtre', allein 'er begehrte für ſich einen Prieſter' paßt nicht in den Zuſammenhang. Clergier iſt hier ein ſonſt nicht vorkommendes Verbum, mlat. = clericare zum Geiſtlichen machen, daher pr. clergat Geiſtlicher, alſo: 'er begehrte Geiſtlicher zu werden'.

12, 2. *quandius al suo consiel edrat* 'ſo lange er bei ſeinem Rathe thätig war'. Champollion dachte wohl an griech. ἰδέα, als er überſetzte qu'il siégea à son conseil. Ueber das auch 19, 6 gebrauchte Wort ſ. Etymol. Wörterb.

13, 2. *l'encusat ab Chielpering.* Die Präposition hat hier ihre ursprüngliche Bedeutung, wie im lat. accusare aliquem apud Praetorem. Andere Beispiele sind prov. ab mi l volon tug acuzar Choix IV. 168; qu'il ne m'encusast au lion Ren. I. p. 233. In derselben Bedeutung steht ab auch oben 2, 2.

13, 4. *oc s'ant pavor.* Ant für ent wie unten 32, 2 antro für entro: 'er hatte Furcht deshalb'. Er fürchtete aber nicht für sich, sondern für andere: non de sua veritus morte, sed de illorum, qui ad eum causa tuitionis advenerant, s. Monach. Augustod. §. 17. In einer spätern Quelle heißt es namque timebat, ne rex nefario actu pollueretur, s. Pitra p. 538.

13, 5. *ja lo sot bien ille celat.* Ein Pronomen ille ist mehr als zweifelhaft, man sehe z. Eulalia V. 13. Es ist zu lesen ill é (en) celat oder ill a celat.

14, 1. *traetels* Verwicklung? Haber?

14, 5. *an* = am mit, nebst.

15, 5. *ne s soth mesfait* 'war sich keines Vergehens bewußt'. Ne s'oth mesfait zu lesen wird nicht Noth thun.

16, 3. *meu evesques ne m lez tener;* lies evesquet 'es ist mir nicht erlaubt mein Bisthum zu besitzen' (zu verwalten).

16, 4. *sempre,* lies sempre m?

16, 6. *la vol;* lies lau vol: nämlich lau einsylbig = la u (franz. là où), das sich öfter z. B. S. Graal v. 1152. 2288 findet. Von diesem Vortrage des Heiligen wissen die Quellen nichts. Bei Ursin. §. 10 heißt es nur: ipsoque pontifice deprecante, Luxovio coenobio ut ei liceret relicto seculo vacare Deo etc.

17, 3. *cio fud Lusos ut il intrat.* Der Druck hat li sos 'es war das seinige (sein Kloster) wo er eintrat',. was ganz gegen die Geschichte ist. Ich emendiere Lusos (lat. Luxovium, franz. Luxeu Luxeuil, s. die Vorerinnerung) und habe dies auch unbedenklich in den Text aufgenommen.

17, 4. *ille,* lies illo wie 30, 4; es ist = iloc, wofür auch ilau sich findet, und wiederholt sich buchstäblich im altvenez. illo, s. Bonvesin ed. Bekker.

18, 2. *Evvruin s prist a castier* 'er fieng an, Ebroin zurechtzuweisen'. Ueber das pleonaſtiſche se bei prendre ſ. zum Boeth. V. 132.

18, 3. *corroapt*, barbariſche Schreibung durch eine falſche Etymologie veranlaßt, prov. corrotz; vgl. corroptios 32, 2.

18, 4. *cio l'a preia;* entweder li preia oder l'a preiat.

18, 6. *paias ab lui*, eigentlich *paias s ab lui*, das zweite s durch das erſte abſorbiert: 'daß er ſich mit ihm ausſöhne'. Dieſe Grundbedeutung von paiar zum Frieden bringen, verſöhnen = lat. pacare, prov. apaiar, iſt im Romaniſchen ſonſt nicht üblich und wird durch pacificare vertreten.

20, 2. *por*, vermuthlich per.

20, 4. *li sanct Lethgier*, ceux de St. Léger, ſ. Rom. Gramm. III. 70, weitere Beiſpiele Orelli S. 40.

20, 6. *que s'ent ralgent in lor honors* 'daß ſie ſich wieder in ihre Aemter (Pfründen, dergleichen übrigens Ebroin keine hatte) begeben möchten'. Ueber s'en raler ſ. Orelli 201 und vgl. unten 21, 2. Champollions Abtheilung s'entr' algent gewährt keinen paſſenden Sinn.

21, 1, 3. *den* (lat. de-inde) ſagt nicht mehr als das einfache en.

21, 2. *s'evesquet*. Abkürzung von so ober seu in s' iſt unerhört, aber das Femin. sa wird leicht apoſtrophiert. Altfr. evesché als Feminin gebraucht iſt nicht ſelten: ebenſo findet ſich la duché, la comté im franz. Ger. de Rouss. la ducat, la comtat, ſ. Rapp. au min. p. 183. In unſerm Gedicht wäre es gen. comm., da es 16, 3 als Masculin ſteht.

21, 5. *son queu que il a coronat, tot lo laissera retniier* (reniier) 'ſein Haupt, das die Tonſur trug, ließ er gänzlich verläugnen' (gab er dem Abfalle hin). Deposito religionis habitu et turpis apostata factus, heißt es in einer Biographie Pitra p. 541. Merkwürdig iſt quen aus caput, auch 27, 2. 39, 1, woneben auch das prov. cap gebraucht wird.

22, 3. *quar donc fud miel ser a lui vint*, undeutliche Stelle.

23, 2. *et a gladi es percutan*. Der Druck hat a gladies percutan, allein der Plural iſt hier unſtatthaft, auch würde dem Vers eine Sylbe fehlen.

23, 6. *exercite*, später erloschenes schon bei den Troubadours nicht mehr vorfindliches Wort. Raynouard bemerkt exercitut o ost, wo ihm also eine Uebersetzung beigefügt ist.

25, 3. *porro* b. i. poro.

27, 2. *hanc* (anc), hier in der sonst nicht üblichen Bedeutung des ital. anche s. v. a. lat. etiam (auch, noch dazu).

27, 3. *vituperet* beschimpft. Leodegarium . . . turpiter denudatum per platearum palustria jusserunt pertrahi, Monach. Augustod. §. 41.

28, 2. *non oct ob se cui en cal sist* bedarf irgend einer Berichtigung, etwa lai on s'assist? oder ren on s'assist?

28, 4. *qui toz los at il condemnets.* Condemnar hat hier, wie das span. dañar, die Bedeutung beschädigen, von damnum, worin es auch schon in der Lex Salica (si quis terram alienam condemnaverit), aber im Romanischen weiter nicht mehr vorkommt. Was nun die Beschädigung der Füße betrifft, so sagt der Monach. Augustod. §. 40: Hebroinus jussit eum nudis gressibus per quamdam piscinam transduci, in qua erant petrae, quasi clavi incidentes acuti.

29, 2. *exaudis.* Dies Compositum schwankt zwischen der reinen und gemischten 3. Conjug.: die gegenwärtige Form ist = ital. esaudisce, damit vgl. issau Lex. rom. II. 151.

30, 2. *castres* für carstres, lat. carceres.

31, 2. *pues*; es wird puet (franz. peut) zu lesen sein.

32, 3. *corroptios* = corrossos, im Fragm. von Valenciennes correcious.

32, 5. *exastra* = lat. exasperavit? e l corps s' exastra?

32, 6. *peis* = lat. pejus, wie im vorigen Gedicht 125, 2.

33, 4. *dontre*, s. v. a. lat. dum, donec, scheint verkürzt aus altfr. domentre. Hat es wirklich diesen Ursprung, so ist drontre in Christi Passion 127, 3 verschrieben oder eine unreine Form.

33, 6. *dom* Aufseher? eigentlich Herr.

34, 1. *il mio fraire miedra me beuure*, offenbar verderbter Vers, wie schon das weibliche, im folgenden Verse nicht gebundene Reimwort verräth.

34, 5. *roors*, lat. rubor, prov. rogor. Der Dichter kann geschrieben haben et cum roors.

35, 2. *torne*, wahrscheinlich tornet.

36, 2. *trestant*, seltne Zusammensetzung, s. Orelli 368, Guill. d'Anglet. p. 187 ; es steht hier in absoluter Bedeutung. — *Apresdrent* hier s. v. a. presdrent 35, 6 oder empresdrent.

36, 4. *domine deus il les lucrat*. Deus kann wegen des folgenden Verses nicht die Stelle des Subjects einnehmen, man lese darum den: 'für Gott den Herrn gewann er sie'. Lucrat = prov. lograt.

38, 6. *ispieth*, männliche Form von espada, auch sonst vorkommend.

39, 3. *lonxdis* lange Zeit, nach allen Quellen eine Stunde.

39, 5. *entro* scheint hier, wie franz. jusque, 'sogar' zu bedeuten. Die Quellen erzählen anders: eum pede percussit ut vel citius in terram decideret, Monach. Aug. §. 50. Calcibus illum percussit, Vit metr. v. 752.

Grammatik beider Denkmale. *)

(Wörter aus Christi Passion mit gewöhnlicher Schrift, aus Leodegar cursiv.)

Declination.

Artikel.

Masc. Sg. Nom. lo 10. 21 ff. *lo* 38. le 10. 45. 51. 54. 75. li
41. 49. 60. 85. *li* 2. 26. — Fem. la u. s. w.
Gen. del. Dat. al. — el = en lo 88. 94.
Acc. lo 10 ff. *lo* 7 ff.
Pl. Nom. li 15. *li* 36. les 100. — Fem. las.
Gen. dels. Dat. als. — Fem. G. de las, dels 10.
Acc. los 1, 3 ff. lis (für les) 23. *lis* 26. 29.
Masc. Sg. Nom. uns anel 39. *un fel* 38.

Substantiv und Adjectiv.

I. Decl. Sg. Nom. Acc. vida, vide. Nom. satanas 123. Acc.
satanan 94.
Pl. Nom. Acc. penas, espines. Nom. prophetes 7.
II. Decl. Sg. Nom. amics. angels 101? angeles 99. vestimenz
68. *dams* 9. Petdres 106 ff. Pedre 42 ff.
spiritus 80. 110. Jhesus 30 ff. Christus 30 ff.

---

*) Um den Zustand der Sprache in frühester Zeit und zugleich den mundartlichen Unterschied beider Denkmäler genauer darzulegen, füge ich die obige tabellarische Uebersicht der grammatischen Formen nebst den wichtigern Partikeln bei. Es wird sich freilich daraus ergeben, daß sich zwischen dem 10. und 12. Jahrh. in der Flexionslehre wenig geändert hat, aber dem Grammatiker müssen die ältesten Belege immer die willkommensten sein.

II. Decl. Sg. Acc. amic. Petdrun 103. spiritum 129. Jhesu 7. Christ 7. 120.
Voc. amicx 38. deus 76. vers Abj. 76. Christus Jhesus 128. Christ 74. 76.
Pl. Nom. amic. Acc. amics.

III. Decl. Sg. Nom. reis. sangs. noiz. nius. — passiuns 4. redemptions 4. peisons 111. pavors 19. *roors* 34. vertuz 120. mels 111. — mort 3. gent 9. charn 93. virge 89. madre 89.
Acc. rei. passiun. carn u. f. f. *compte* 10. emperador 63.
Voc. rex 76.
Pl. Nom. *baron* 9. di 15. munt 81. voz 59. corps 82.
Acc. gens. maisons u. f. f. *croix* 25.
Sg. Nom. *infans* 3. hom 2, om 13, *oms* 26. senhe 105, fel 21. 33. 53, *fel* 38. *mieldre* Abj. 6.
Acc. omne 94, *omne* 13. 35. sennior 20. 61. 63. fellon 55.
Pl. Nom. enfan 12. *omne* 36. felou felun 20. 35. 36 ff.
Acc. enfanz 6. *omnes* 37. omnis 82. *seniors* 2. feluns 70.

Numeral. Pl. Acc. dos 5. 71. *duos* 2. 20. Fem. duas 106.
— — *ambes* 20. Fem. *ambas* 27.
— Nom. tuit 35. *tuit* 36. *toit* 20. Acc. toz 3. 30. ff.

Pronomen.

Pers. 1. Sg. Nom. eu 17. 35. Dat. Acc. me 66. m 17. 38. 79.
Pl. Nom. Dat. Acc. nos 1. 2. 47 ff.
2. Sg. Nom. tu 46 ff. Dat. Acc. te 14. 16. 129. ti 38. t' 15. 75. t 74.
Pl. Nom. Dat. Acc. vos 1. 66. 103.
3. Sg. Nom. el 5. 13. *el* 5. il 3. 4. — Fem. ela 84. Dat. *a lui* 15. *lui* 4. 5. li 6. 22 ff. *li* 15. l' 45. 55. *l* 19.

Perf. 3. Sg. Acc. lui 29. 74 ff. *lui* 2. 37. 39. lo 42 ff. l'
41. l 29. — Fem. ela 84.
Pl. Nom. il 15. 20 ff. *il* 11. — Fem. elles 104.
Dat. a lor 61. lor 22. 24 ff.
Acc. els 107. 110. (d'els 116). los 18. *lis* (= les)
36. ls, lz 19. 124. *ls* 11. *s* 15. lor (abſol.)
100. — Fem. las. 104.
Poff. 1. Sg. Nom. — — Acc. mo 109. *meu* 16 ?
2. Sg. Nom. *tos* 14. Acc. to 129.
Pl. Nom. toi 15. 17. Acc. tos 16. — Fem. tas 16.
3. Sg. Nom. sos 69. *suos* 2. Acc. son 27. *son* 12 ff. *so*
10. *su* 1. seu 50. *seu* 10. sou 27. 37. — Fem.
sua 3. 7. 42. soa 51. soe 67. *sa* 3. *'s* 31.
Pl. Nom. soi 91. sei 42. Acc. sos 1 ff. *sos* 10. *sus* 1.
Dem. 1. Sg. Nom. cel 6. *cil* 2. 17. 29. 37.
Acc. cel ciel 28. 52. 55 ff. *ciel* 35. — Fem. cela
83. *cilla* 24. *ciel'* 5.
Pl. Nom. cil 114.
Acc. cels 71. *ciels* 35. ces 88. — Fem. celles 106.
2. Sg. Acc. cest 1. 78. *ciest* 35.
Pl. Acc. cest (cests?) 73. — Fem. cestes 126.
3. Sg. Nom. aquel 35.
Rel. Sg. Pl. Nom. qui (chi) 8. 9. 16. 22. 28 ff. *qui* 3. 6. 13. 23.
27. que 56. *que (quae)* 1. 2. 39.
Sg. Dat. a cui 43. cui 25. 52. *cui* 30. Gen. de cui 105.
Sg. Acc. cui 36.
Sg. Pl. Acc. que 1. 9. 24 ff. *que (quae)* 2. 21. 24 ff.

Conjugation.

Ind. Präf. Sg. 1. dic 1, dis 101 ? posc 112. vol (b. i. volh) 1.
2. laises 59. trades 38. — fais 76. diz 73.
as 46. poz 14. vols 14.
3. *aima* 35. demande 34. aproismet 99. —
rend 3. vai 19. 64, *vai* 24. fai 48, fait 7.
vet 84. permet 14. a 123, *at* 29. pod 121.
sab 28. tais 54. ve 9, cove 24 ? vol 4. —
fui (fugit) 78. gurpis 61. *exaudis* 29.

Jnb. Präf. Pl. 1. laudam 77. *cantomp* 1, *cantumps* 1. — querem 34. *devemps* 1, deven 126. aven 126.
2. requerez (Hf. requeret) 100.
3. canten 11. menen 41. perdonent 56. aprestunt 6. — van 12. fazen 121. dicent 108. conducent 61. prendent 10. ant 6, *ont* 64. reconoissent 104. *volunt* 10. — consentunt 56. gurpissen 42. escarnissent 47.

Jmpf. Sg. 3. *esteva* 39. *regnevet* 3. — aveie 8, aveit (aveia) 42. soliet 115. voliet 52. — veggnet (b. i. veniet) 37.

Pl. 3. menaven 108. annavent 43. nomnavent 43. portavent 98. estevent 95. adunovent (adunouent) 43. — avcien 7.

Perf. Sg. 2. gurpist 79. — Starke Flexion: cognoguist 17. recenbist 17.
3. suscitet 7 u. f. w. *ralet* 14. *communiet* 14. obred 2 u. f. w. donat 54 (-at felten). *amat* 3. *mandat* 8 u. f. w. *garda* 12. *rova* 33. — rendet 5. consegued 40. venquet 94. — *nodrit* 5. *cadit* 39. audid 9. issid 10 u. f. w. *servid* 5. — Starke Flexion: fez 3 ff., fist 49 ? *fist* 17, 18, *fis* 19, feist 44. vid 53, *vid* 32. 35, vit 105. 106. *occist* 2. excos 40. dis 79. 102 ff., *dist* 8 ff. doist 4. redenps 3. *mis* 26, *promest* 32. pres 2. 27 ff., *pres* 25, *prist* 18, *prest* 22. assis 6, assist 28 ? absols 38. estrais 40. ag 18, oc 23, og 26. 40, oct 32, oth 6. 10, aut 5. 22. 26. 27. bet 113. *reciut* 4. 5. jag 88. 89. 102, *joth* 28. pod 7, *poth* 11. set 101. 118. ting 5, sosteg 2, *sosting* 2, *sustint* 40. veng 120, veing 5, veg 31, vengue 21, vint 22, vin 35, deving 21, devint 5, perveng 67. 79, esdevint 53, esdevent 14. vol 56. 40 ? visquét 9. revisquét 91.

Pl. 3. auseron 68. *controverent* 9. esterent 39. —

condormirent 31. ixirent 9. — Starke Flexion: *fisdren* 11. vidren 20, *vidrent* 35. *reclusdrent* 30. *doistrent* 3. claufisdrent 57. mesdrent 22. 62, misdrent 62. presdrent 39. 47, *presdrent* 11, prendrent 62. *aurent* 38, *augrent* 1. *souurent* 20. *vindrent* 20.

Inb. Plusq. Sg. 3. *laisera* 21. — Starke Flexion: *fisdra* 21. vidra 83, vidrit 34. medre (für mesdre) 105. *presdra* 15, presdre 83. *auret* 2. 10. 36. vengre 100, *vindre* 34. voldrat 42.

Futur. Sg. 1. aucidrai 58 ff. Sg. 2. vendras 74. Sg. 3. gurpira 29 ff.

Pl. 1. aurem 92. Pl. 2. darez 21 ff. Pl. 3. venrant 15 ff.

Conj. Präf. Sg. 2. tradas 38. — aias 128, aies 77. posches 60. 3. *aiud'* 40. — disset 45. aiet 50. — tradisse 22.

Pl. 1. aiam 126.

Pl. 3. *ralgent* 20. — fesant 44. — tradissant 20.

Impf. Sg. 3. cantes 49 ff. *laissas* 18. *paias* 18. — audis 22. *servist* 8. — Starke Flexion: feisis 53, *fiseist* 33. *vidist* 23. *apresist* 3. *ouist* 15. aparegues 110. susteguest 4.

Pl. 3. *alessunt* 37. — Starke Fl. *feissent* 9.

Fut. Impf. Sg. 3. neiaret 29.

Imperativ. Sg. aucid 56. di 47. met 90.

Pl. annunciaz 103. plorez 66. — audez 66. venez 102.

Infinitiv. remembrar 1 u. f. w. *devastar* 22. parler 27 u. f. w. *lauder* 1 u. f. w. *laudier* 27. 28. 31. — aver 16. seder 30. *tener* 16. veder 42. — adducere 5. *occidere* 37, occir 44. beure 34. recognoistre 49. fraindre 126. parcisser (nach dem Fut. pareistra 91). resurdre (nach dem Fut. resurdra 91). u. a.

Gerundium. laudant 12 u. f. w. — firend 19 u. f. w.

Partic. Prät.	*ardant* 23, *ardans* 34. *percutan* 23. — seguin 42. amenaz 6. u. f. w. *laudas* 7. canted 2. *laudies* 7. — espandut 122. — escarnid 64 u. f. w. — Starke Fl. fait 23. aucis 3. dit 18. 42, deit 46. 112. *finct* 19. *afflict* 28. mes 73 u. a. jagud 8.

Verbum esse.

Inb. Präf. Sg. 1 soi 35. 109.
    2. es 59.
    3. est 66 ff., *est* 1, es 5 ff., *es* 1 ff.
    Pl. 3. sunt 15. sun 110.
Impf. Sg. 3. era 95.
Perf. Sg. 1. fui 109.
    3. fo 67, fu 2. 3 ff., *fud* 6.
    Pl. 3. *furent* 14.
Plusq. Sg. 3. fure 89, furet 43, fura (Conbit.) 38.
Fut. Sg. 1. *estrai* 16.
    3. *er* 7.
    Pl. 3. eren erent 17. 114. seran 114.
Conj. Präf. Sg. 3. sia 90.
Impf. Sg. 2. fusses 38.
    3. fos 96, *fus* 18. *fust* 6. 8.

Partikeln.

ab 65 ff. *ab* 18. ap 124. *ob* 5. 25. 28. 40. am 52. *an* 14.
ades (fogleich) 31.
adun 34. 46.
alo allo 29. 94. 108. d'alo 50.
alques 2.
anc 88. *hanc* 22. 27.
ant 7. anz Präp. 8. 89. Abv. 56.
cum 4 ff. cume 41. con 106. co 114?
den 30, *den* 21.

desabanz 102. 120.
desans 42. *desans* 31.
drontre 127. *dontre* 33.
dunc 22 ff. donc 43. dumques 47. dunques 60. donches 117.
en Präp. 8 ff., in 57. 75. 114. *in* 6. 14. 17. 27. 30. 31. 34.
en Abv. 22 ff. ent 41. *ent* 20.
an 81? ne 11. *n'* 29.
enpos 100?
ensobretot 12. 47.

enter entre 87 ff. inter 2. 82.
enz 26 ff. *ins* 19.
estre 10. 11.
fins 48?
iki 80. equi 104. 111.
illo 17? 30.
laz 83. les 84.
mas que 25. 97.
ne (lat. nec) 44. 97. ff.
nenperro 85.
non 3 ff. *non* 17. 27. no 37.
29. nu 17? *ne* 10. 15. 16. 18.
o Abv. 6 ff. *ut* 17.
par (de par deu) 34.
per 1. 7 ff. *per* 17. *par* 19.
perro 11. *porro* 25.
por 4 ff. *por* 15 ff.

post 78.
pro Abv. 112.
qualhora 25.
quandius 9 ff.
quasi 87. quaisses 100.
quez Conj. 15. qui 66. *qui* 16. 28.
semper (sogleich) 18. 26. 37. 41. 49. *sempre* 4.
senps 104. ensems 60.
sens 67. *sens* 14. sen 89.
si Conj. 59 ff. *se* 29.
sob 100. sub 16.
sobre 27 ff. *super* 28.
sus 7 ff. su 82.
tam 4. 26. ta 19.
usque 96.